就唱

肖燕 著

上海文化出版社

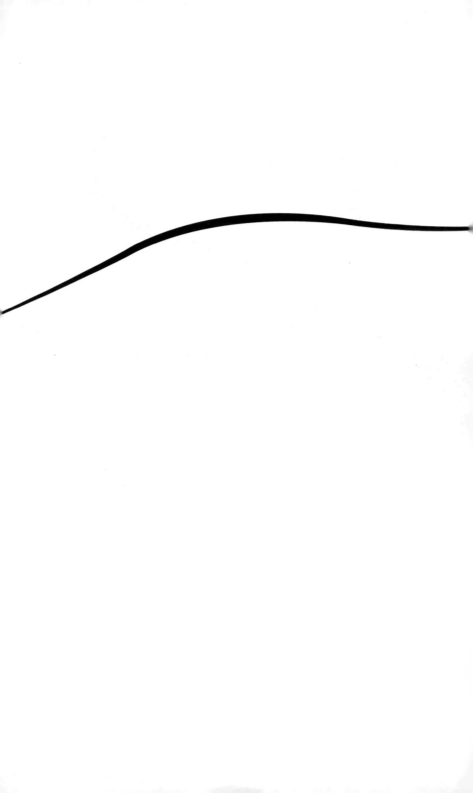

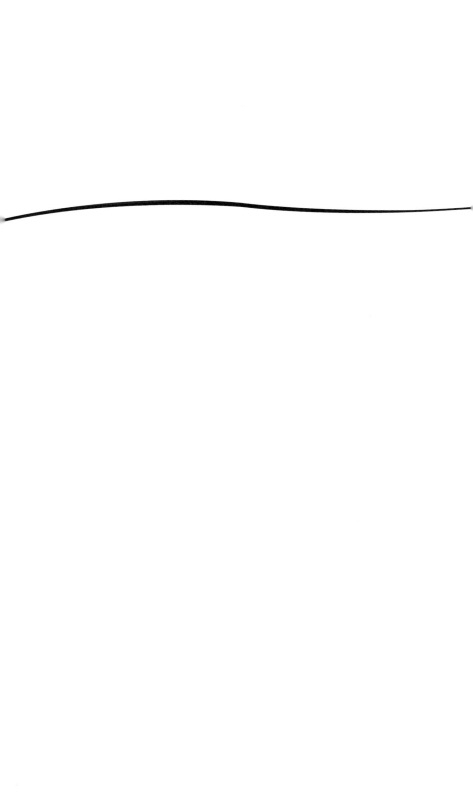

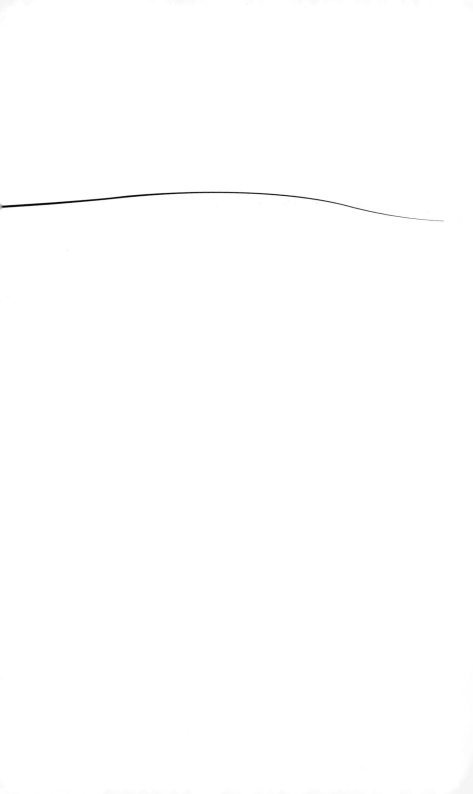

给 年 少 的 你

后话

"日子过得真快，一晃就是几十年。"小曼说。

"是啊！小时候你可是巴不得日子能过得快一点。"我想起小时候小曼总是嫌天光长，她老埋怨这一天一天的实在过得太慢，根本觉不出自己在长大，还说日子慢得就跟大妈走路似的。小曼嘴里的大妈是她小时候的邻居。

"我只是想快点长大，好做大人。"小曼说。

"嗯。"这我懂。

片刻后，小曼问："看牙约的是哪天，几点？"

"后天早上九点。"我说。

"哦。看我这记性，什么事转头就忘。只有小时候的事记得住。"小曼很有兴致地往下说，"我记得小学四年级的时候，医生到学校来给学生检查牙齿，一个男医生看了我的牙齿后，啥也没讲，不等我反应过来，就拔掉了我的蛀牙，连麻药都不打，我呢，竟没觉得痛。"又笑着问我："你说，是不是我太木了？"

"痛也痛吧！要是事先说了，你肯定会怕的。"

"这倒是。"小曼又说，"小孩子有时候能忍，牙齿拔了就拔了,也不大在意,想必是因为牙齿还会再长出来的。"又叹了口气,"哎! 现在打了麻药还是怕痛。牙齿也是拔掉一颗少一颗……"

"要我讲啊,有些事是没办法的,不管你是大人还是小人,都得承受。"

"嗯,讲得没错。"小曼赞同我说的。

她又再次提起了过去,"你晓得的,小时候我只要抬头,望着天空那么高那么远,无边无际的,就觉得舒坦。还会傻想,人要是有翅膀多好,像鸟一样飞来飞去,想去哪儿就去哪儿"。

我沉吟片刻,"老天是不想人太有能耐吧,总要给点不足"。小曼似乎还想说点啥,我先问道:"假如可以,你愿意再做回小孩子,过另一种日子吗?"

小曼愣了愣,说:"没过过,也不晓得是啥样子的,哪能讲得出?"

"我是说假如。"我还是坚持。

"那也说不好,除非是穿越了。"说完,小曼自言自语的,"过另一种日子……"又突然问:"要是那样,还会不会是我?"

我被问住了。想想也是,人都有自己的生活,一次性的,哪有什么另一种日子? 其实是没有什么可假如的。要真是那样,怎么还会是小曼?

"不会是了。"我老实地回答她。又说:"小曼过自己的日子,才是小曼。"

大轮船

踏海　乘风　对天话

我是我依傍

材料：麻绳 1 卷　白色折纸 1 张　不锈钢漏勺 1 个（光晕）

"我明白你为啥那么问我。"小曼说。

我不再说话，小曼也是。

沉默过后，小曼开口道："这许多年，我们总是聊，从不觉得烦。对吧，杨？"

"那是。"

小曼一般都叫我杨，这个"杨"字是小曼取的。我的名字有点长，里面也有个曼字，这大概就是我和小曼的缘分吧！

小曼说，她小时候过的都是些琐碎而平常的日子，思来想去，压根儿谈不上什么惊天动地，只不过有些回味罢了。

但我觉得，她时常忍不住地去回想，那段生活对于她该是多么难以忘怀！

人总是会在某些时刻缅怀过去。之所以要缅怀过去，是因为过去早已过去了吧？

沙拉曼达杨

第 一 部

第一章

八月，暑热未去。一个周日，小曼随母亲许青去外婆家。那年，小曼六岁。

小曼一直在上机关全托幼儿园，过了八月就要升大班。谁承想老师们突然不再上班，小曼没了去处。在带小曼去外婆家之前，许青没有把不能再上幼儿园的事告诉她。

不到过节，就要去外婆家，小曼心里纳闷：难道是妈妈想外婆了？或者是妈妈有什么急事要找外婆商量？小曼还觉得奇怪，许青不仅带了平时出门的包，连她爸爸苏强的那只草绿色挎包也给带上了，塞得鼓鼓囊囊。小曼想起以前许青偶尔带她去那儿的时候，只在包里放一个红白相间的尼龙网袋，到了站，先在丹霞一条街买一点苹果，小曼不怎么吃苹果，但她认得那是国光苹果。买好苹果，再过了马路上楼。小曼很好奇绿挎包里放了什么，但她没问。苏强好些日子没回家了，许青时常埋怨，小曼怕一开口，又惹得她说这说那。

出了九号楼，许青带着小曼走到弄堂口。和小曼同住一楼的三妹在对面等着过马路，小曼向三妹招了招手，没来得及说话。

许青带着小曼坐上了70路公交车。在车上她们没怎么说话。有了空位子，许青先坐下，再让小曼坐到腿上，然后把两只包摞在小曼胸前，和小曼一起抱着。小曼就势摁了摁挎包，感觉里面是衣服。难得去一次外婆家，最多是待到晚上就回家，干吗要带衣服？小曼早已习惯了熟悉的生活，过完周日，第二天一大早就要去上幼儿园，苏强不在家，就由许青送。

　　这个平常的星期天，小曼被许青带到了外婆家。

　　小曼对外婆家是很生疏的。除了过节，一般不怎么去。平时许青工作忙，休息天还要做家务，实在没有精力再跑。当然，对许青来说，她母亲那边真有事的话，她也是自己一个人快去快回。小曼年纪小，外婆家去得少，外婆家给她的印象就是人多，别的就不太记得住了。

　　小曼在外婆家吃午饭，起初并没有留意大人间的闲谈，只是自己吃着碗里的饭菜。许青、小曼的外婆和姑婆时不时地摼些菜到小曼的碗里。有几句话还是飘进了小曼的耳朵里，"你放心上班吧，有我呢！"小曼的外婆说。"嗯，小曼还算乖的。"许青说。小曼感觉到妈妈对外婆点了点头，还朝自己看了一眼。小曼有些疑惑，大人说话提她小曼做啥？来这里不会是因为自己吧？她小曼能有什么事？小曼怎么也想不明白。

　　下午，许青将小曼留下独自走了。走之前，她对小曼说："幼儿园不让去了，姆妈要上班，你就先待在外婆家。"小曼呆呆的，说不出话来。心想，幼儿园怎么就不让去了？她望着许青，想听一听为什么。许青没有解释，只是摸了摸女儿的头，说了一句"听婆的话"，就匆匆离开了。

小曼就此开始了在外婆家的生活。

小曼的外婆在娘家时叫潘正芳，嫁到许家后改叫许正芳。许正芳的家在上海西部丹霞新村的丹霞一村，周围还有二三四五村和别的新村。新村的房子排列整齐，全是五到六层的公房。它们看着并不破旧，但也有些年头了。新村和新村之间没有任何围墙，其间遍布着石板路、绿化带和马路，而商场、学校和合作医疗站等公共设施也是应有尽有。

许正芳住在沿马路楼房的五楼，是顶层。整座楼房比起南面的那些楼房独立的楼口更多。它们多在北面，往西面拐过去还有一个。每一个楼口旁都有垃圾通道口，连接着楼上的每户室，倒垃圾时只需从楼上的垃圾口直接往下倒。一楼没有住户，除了楼口和紧贴着它的垃圾通道口，就是些洗染店、药房或是邮局等。楼房北面是一大片空地，往外连着四五米宽的绿化带，然后就是一条横贯东西的丹霞大马路，数不清的自行车、公交车和货车等来来往往的，交警在亭子里或马路上维持交通。马路对过也还是一排排的公房，住着人家，但底楼全是商铺，是有名的丹霞一条街。从许正芳家北面的厨房间窗口可以看到马路那边那座两层独栋楼房，它虽然不高，但很气派，底楼一长排是丹霞大饭店，楼上是电影院。丹霞一条街在傍晚是最热闹的，尤其是夏天，店里店外差不多到了人挨着人的程度。

许正芳带着几个外孙与小姑一家住在一起。她的小姑叫许萍，许萍比许正芳小十几岁。小曼叫许萍姑婆。据说当年许正芳夫妇带着孩子漂泊在外，其间许正芳的丈夫不幸去世，她只好带着孩子们投奔乡下丈夫的老家，那里还有祖上分给他们的两间房。谁承想，房子早已被丈夫的兄弟们霸占了去，许正芳走投无路，只得带着孩子们离开，年岁不大的许萍执意要跟着，并帮着许正芳照顾孩子。他们几经辗转后，最后流落到了上海，一家九口人在一个老城区不到十平方米的亭子间暂且落下脚。解放后，许正芳一家由政府帮着安顿，最终搬进了丹霞新村，生活才算安定下来。许萍也在媒人的介绍下，和军旅出身的南下干部结了婚，生了一个儿子。好些年后，许正芳的孩子们长大成人，先后都结了婚，有了自己的家，而她则带了几个外孙和许萍一家一直住在丹霞一村。

16号501室共有三间房，外加厨房间和卫生间。关上大门，中间是一块很小的长方形走廊。大门右手第一间最大，有十八平方米，朝南；然后并排的是一间朝向东南的十六平方米的房间；大门口正对着的是朝向东北的最小的一间，有十三点五平方米；大门的左手边朝北，是厨房间和卫生间，厨房间约八平方米，卫生间不到五平方米。十八和十三点五平方米的房间是许萍丈夫的单位分配给他们一家的，大家用大房间和小房间来称呼。十六平方米那间是公家分给许正芳的。整个501室原先住着七口人，有许正芳、许萍夫妇，还有许萍的儿子江卫冬、小曼的姨表哥丁小亮、方伟民和姨表姐李一红，算上小曼就是八口了。这么些人住三个房间不算拥挤，小曼却觉得逼仄。她年纪最小，个头自然也小，和大家一起站在许正芳的房间里，别说大人了，就算同是孩子，几个大孩子都要高出她大半个头，这让小曼生出莫名的紧张。她想站得开一点，可是，周围没有富余的地方，再说也不敢，她不想刚来就惹人生气。她用脚底板轮换踩着脚背，不知所措。

小曼很快知道丁小亮、方伟民和李一红是同一年生的，比自己大两岁，江卫冬则要比丁小亮他们大六岁。听到六岁，小曼暗自惊叹,那可是她一个小曼的年龄啊!六年算长还是短呢?小曼吃不准,只能在心里慢慢想,能想到的是,六年前还没有她小曼。江卫冬是许萍的儿子,体型上很像许萍,个头不算高,但很敦实,小曼很容易就记住了。

这天下午,许青走了后小曼觉得时间越来越慢,要不是李一红找她玩,她真不知道怎么才能挨到晚上。小曼实在想不通,为何突然就到外婆家来过日子?

晚上,江卫冬的爸爸下班回来,许萍跟他讲了小曼的事。小曼叫过姑爷爷,就都坐下吃晚饭。小曼被安排和许萍坐方桌的一边,许萍块头大,配小曼正好。桌子的每一边都坐两个人,刚好坐满。

许正芳捡了一只狮子头到小曼碗里,"吃吧!小曼。"外婆有口音,"小曼"念着不顺口,发音听着很怪,就说:"还不如叫'小馒头'呢!"

桌子上浮起一团笑声。

许正芳又用筷子朝吃着饭的一大家子划了一圈,对小曼说:"都是自家人。"

小曼虽说以前偶尔和大家见过,但也没怎么相处过,加上年纪小不记得什么,他们对她来说几乎就是陌生人,可是却要作为自家人从今往后挤在一张桌子上吃饭,住在 501 室。小曼愣愣的,浑身不自在,但看到全桌人都边吃边看着她,便赶紧点了点头。咬了一口狮子头，有点烫嘴，小曼忍不住咂了一下舌头。

“吃饭不许咂嘴！”许萍用手里的筷子敲了一下小曼的碗。

“我没有。”小曼知道吃饭不能咂嘴，幼儿园老师对大家说过。

“还回嘴！”许正芳看着小曼，目光严厉。

小曼低下头，不敢再出声。她不断地把饭往嘴里扒，没去搛菜。

饭吃完了，大家一起撤去桌上的碗筷，三个男孩很快将饭桌从床边搬回至窗旁，李一红拿了抹布擦桌子。小曼看大家都动手干活，也去把凳子搬回到被具箱的前面摞整齐。

晚上，小曼和李一红在许正芳的房间里睡地铺。许正芳和许萍各自睡在床上。小曼没来时，李一红也睡在床上，靠着墙在许正芳的脚头。小曼第一次睡地铺，李一红也觉得新鲜。地铺很宽敞，两人躺上去后滚来滚去，不住伸展四肢，碰到了对方，就笑起来。许正芳和许萍各自躺下，没说什么话，不知道是想着心事，还是在两个女孩飘来飘去的笑声中有了倦意？过了一会儿，小曼和李一红也安静下来。屋顶上吊灯还亮着，那二十五支光的灯泡正对着小曼。灯泡上扣了白色荷叶边灯罩，像一顶小帽子，将灯光聚拢下来，在将要睡去的夜晚显得有些明亮，但并不刺目。米黄色的灯光向着小曼的躯体温柔地包裹下来，并将顶上那片阔大的暗黑妥妥地抵挡住。小曼一时半会儿睡不着，想起了三妹。原以为今天不过出个门，在弄堂口看见马路对面的三妹时，就只是跟她招了招手，没来得及说什么，也没觉得非得说点什么，以为最迟晚上就会回家。谁承想竟然就这么在外婆家住下了，也不知道什么时候再回去。三妹肯定也想不到。早知道这样，应该跟三妹多说说话的，而不只是招招手。小曼的眼前还闪过毛豆子，记得走出9号楼的门口时，回头朝毛豆子家看了一眼，他家房门边的窗口上有毛豆子晃动的身影，不知道他今天会不会挨骂或挨揍。10号妈和一些邻居也从小曼的眼前晃过。明明都是离得很近的人，怎么呼啦一下全都不见了？什么准备也没有。小曼呆呆地望着灯，渐渐有些迷离恍惚，好像仍是睡在幼儿园的小床上，上方是高高的拱形圆顶，零星的小壁灯化作点点闪烁的星光，隔壁的小床上有小朋友的说话声："下个礼拜一我带巧克力来给你。""嗯。"礼拜一，就是明天吧……小曼不知道灯是什么时候被关掉的。

天亮了，传出各种声响。许正芳和许萍已经买了菜回来。有人叫小曼起床。小曼学着李一红将铺盖叠好放到床上。许正芳端了放有玻璃杯的托盘去洗，不忘吩咐李一红带着小曼擦一下桌凳什么的。江卫冬、丁小亮和方伟民照常负责拖地板。大家进进出出，井然有序。三间屋子不一会儿就打扫完毕。

要吃早饭了。小曼比起昨天自在了一点，也搬了凳子和大家坐到一起。许正芳和许萍还在忙，就让江卫冬爸爸和小辈们先吃。

早饭是泡饭和大头菜，外加油条。棕色的泡饭一看就是用隔夜锅巴烧的，飘着焦香。桌上那碟大头菜呈暗紫色，切得很薄，还淋了几滴麻油，麻油的香味只是点到为止，没有丝毫富余。江卫冬撕了半根油条，撷了几片大头菜放在泡饭上，端去给他爸，他爸要看些材料，独自在隔壁大房间里吃。江卫冬回到桌上，将之前余下的半根油条一分为二给了小曼和李一红，又拿起另一根给丁小亮和方伟民各半根。筐箩里还剩最后一根，江卫冬给自己半根，余下的半根放回筐箩里，说"娘不吃"，江卫冬叫许正芳"娘"。小曼发现男的都拿着半根，自己和李一红只有半根的半根。李一红朝小曼笑了笑，用小碟子倒了一点酱油来，要小曼蘸了酱油就泡饭，小曼便照着做，果然好吃，一小碗泡饭不知不觉就下了肚。小曼很不喜欢酱菜，什么榨菜、什锦菜的，还有这大头菜，除了咸，哪有菜的滋味？而各种腐乳，比酱菜还咸，有的还很辣，至于那臭的就更别提了！但是，没有别的可吃的时候，小曼还是会吃的，为了下饭。

吃完饭，江卫冬和三个外甥分别去同学家参加暑期学习小组做作业，他爸也去了单位。501室就此安静下来。

许正芳和许萍拣完菜才坐下来吃早饭。"阿姐，胃不要紧了吧？你咬一口。"许萍说，把油条朝许正芳递过去。

许正芳摸摸肚子，"还是有点不舒服。你吃了！"

小曼在一边玩，听着她们说话，望着许萍想：幸亏自己和阿姐分了半根，不然姑婆就没有油条吃了。

许萍发现小曼看着她吃，就说："看啥？不是没给你吃。"

小曼赶紧扭过头去。她浑身不自在，可又没办法把自己缩成蚂蚁那么大，只得钻到床底下。

桌上有收拾碗筷的声音，小曼从床底下出来，帮着将饭桌上的几根筷子拿到厨房间去。

许萍拿来抹布擦桌子，对小曼说："去玩吧！"

小曼在三个屋子里转来转去，不知道玩什么，就跑去厨房间，想帮着许正芳洗菜。许正芳说小曼做不了，小曼就去卫生间看许萍洗衣服。许萍看了看小曼没说什么，手上一刻不停。

浴缸是深灰中带点零星的白色，里面泡着整整大半缸的脏衣服，小曼认出有自己的。许萍吃力地弓着胖胖的身子，将衣服随手拎起一件摊在搓板上，再在衣服的正反面擦上肥皂，然后用力搓洗，一件接一件。搓洗完后，又过了两三遍清水，最后用力拧干。不多会儿，拧干的衣服像脆麻花堆了好几盆子。小曼忍不住用手指头去戳一下"麻花"，觉得很好玩。许萍就说："好玩是吧？我都洗得累死了。洗好了还要用力拧，要是滴水，楼下要讲话的。"她边说边将它们端到屋子里，用丫杈头取下卫生间上方的竹竿，再熟练地把竹竿两头架在许正芳房间的窗口和被具箱上，之后拎起衣服将袖子或裤腿穿上去，每穿完一根，许萍就用力端起竹竿，快步挺进，插向窗外。窗外有风，衣服迅即鼓胀起来，好像被胖子穿着，悬在半空。小曼真怕竹竿滑落下去，下意识地浑身紧绷，跟自己较着劲。然而，竹竿都没晃动一下，很稳地架在了前突的长方形晾衣架上，最后被布条固定在窗前。小曼舒了一口气，放松下来。竹竿一根接一根，很快晾满了衣架。小曼趴在窗口望着这么多晾晒的衣服，心里想：多亏姑婆力气大！洗这么多衣服，还得拧干，一件件地晾出去。

　　透过竹竿的空隙，楼下的石板路上不时有自行车通过，那性急的边骑边摁车铃。小曼看向对过的房子，一楼全是住家，进进出出的人不少，闲适的老头摇着蒲扇在楼口附近走来走去，见了熟人就打个招呼；楼里的一些窗户口不时有人头晃动，有些大嗓门的说话声传了过来，夹杂了锅铲声。都做午饭了？小曼想。她很快注意到许正芳和许萍也开始在厨房间做饭，还说着话，锅铲在铁锅中发出很响的翻炒声，尤其是往回扒拉的声音又粗又钝，小曼一阵心慌。

　　许正芳家的楼房，比对过南面的楼房要高一些，又因为是顶楼，小曼看得到一整片砖红色屋顶，它们在耀眼的阳光下，显得有些鲜艳。天空蓝蓝的，不见一丝云彩，一眼望去很深很远，没有尽头。

"这些小鬼，一天到晚偷吃食母生！"

小曼扭头看，许正芳站在被具箱前拿着一只大药瓶子。

"馒头啊，去楼下药房买药会吧？"许正芳问小曼。

小曼赶紧点头，生怕不让去。

许正芳拿了钱和尼龙网袋给小曼，晃了晃手里的药瓶子，"记住了，是食母生。买跟这个一样大的。"

小曼听着食母生片在瓶子里清脆的撞击声，马上说："我记住了，婆。就买这么大一瓶食母生。"说完，就穿上凉鞋出门去。

还听到许正芳在喊："门不要锁，买了就上来！"

"哦！"小曼听见自己的声音在楼道的回声中显得很雄壮，有种莫名的激动。能独自下楼，小曼很开心，终于可以轻松地去楼下了。

整个16号楼每一层都是对开门，就像501室对着502室，每一层楼的两扇门内总面积都一样，三间房，住户两至三家。小曼独自下楼，楼道内很安静。各家上班的上班，上学的上学，到了下班和放学，楼里的居民一回家就会关上楼道的大门，不会在楼道里停留。小曼参照501室去想象，到了傍晚每一层楼的每一室里应该不会像楼道这么安静。对着每层楼道旁那紧闭的大门，小曼想起了自己的家。

小曼的家在一个弄堂的老洋房里，住的是一楼，厨房间和卫生间是公用的。二楼和三楼没有厨房间，炒菜做饭都在楼道里完成。整个楼里，大家做饭上卫生间都要从房间里出来，住一楼的晾晒衣服还要到小花园里。每家开了房门就是狭窄的公共走廊，邻居们碰了面少不得打声招呼，或停下来聊几句，再错身离开。有路过的看见谁家的汤潽了，赶紧揭了盖然后喊一声，那家马上应声跑出来。大家一般都习惯开着房门，进进出出的也方便些，只是会在房门的中间那段拉上一小块布帘，以遮挡路过的邻居们的视线。小曼家只有一间房，小曼的爸爸苏强是做保密工作的，很忙，甚至很少回家，多数时候就只有她和许青俩，所以小曼家算是宽敞的。房间外的木地板过道总是有各种脚步声，小曼不觉得吵，听声音就能判断走过去的人是谁，脚步声没了，夜也就深了。

小曼没料到突然就住到了许正芳家里，和陌生的亲戚们在同一个屋檐下吃喝拉撒，连一块小布帘的遮挡都没有，这让她心里慌慌的，好想把自己藏起来，可是无处可藏啊！

小曼走到二楼，有个男的从楼上唱着歌下来，空荡荡的楼道立刻被回声撑满，连角角落落都不放过，那气势就跟合唱团在齐唱似的。小曼心跳加快，感觉"合唱团"正往下逼近自己，要将她挤出楼道。她迅速爬上木扶手，直接滑了下去。

出了楼口，小曼跑进隔壁的药房才松了一口气。药房里飘着一缕缕淡淡的药味。长长的L形玻璃低柜里陈列着一些内服及外用药。柜台里的营业员穿着白色长衣，脖子上再挂个听诊器看起来就跟医生一样了。他的身后那一大排玻璃立柜里满满的也都是药品，留心看的话，就知道不少陈列的药都是相同的。

营业员走过来，小曼问："有食母生吗？"

"有。要哪个？"他拿出小中大三瓶排列在柜台上。三只瓶子顺着个头站着，像食母生三兄弟。

小曼笑了，下巴抵着玻璃柜台，拿拿小的，又拿拿中的，最后两手抓住最大的说："要这个。"

营业员确认说："是要买最大的？错了可不能换啊！"

小曼点点头，付了钱。营业员帮她把食母生放进网袋里。

"医生，买点感冒药。"小曼看到有个买药的中年男人走到L形柜台短的那一边。

"有热度吗？"那边坐着的"医生"站起身问。

中年男人点了下头，"好像有。"

"配点克感敏吧。""医生"边说边从身后的条柜上熟练地拿下药瓶，并没有马上递给中年人，而是从旁边的盒子里捻出一个两寸大的小纸袋。

小曼好奇，就走过去看。

纸袋上印着少许字，"医生"先在字之间的空格上很快写上两个数，然后拧开瓶盖，又拿一只精致的小勺从瓶子里掏了药粒，边数边倒进小纸袋里。小曼估摸统共也没几粒。"医生"将纸袋口连折两下，最后再折出边角，还稍微用力摁一摁。全部动作干脆利落。做这些的时候,还不忘嘱咐中年男人"一顿一粒,一天三次,饭后吃"。

小曼看得入神。中年男人付完钱拿了药往外走,她才跟着出去。上楼时,她想着中年男人买的那一点点药,再看看手里这一大瓶子食母生,越想越糊涂。

许正芳接过药夸奖小曼:"嗯,就这个。我还怕你瞎买。"

"我记得住的,是棕色瓶子,跟盐水瓶差不多高,就是比它瘦点。"

"就你会说。"许正芳拿着新买的食母生,拉开五斗橱的柜门,将新买的食母生塞到角落里,叫小曼不要说出去。

小曼很高兴去买了食母生回来,感觉肚子饿了,等着吃午饭。终于,大家陆陆续续回来了。江卫冬的爸爸没回来,说是在单位食堂吃。许正芳说开饭了,大家就把桌子搬到床边,小曼和李一红搬凳子,然后坐到一起。许萍一个人坐床沿。桌子上摆了五菜一汤。有凉拌魔腐、和大蒜头一起清炒的红米苋,还有咸菜毛豆、韭菜炒猪肝、蜜汁狮子头和一大碗鸡毛菜蛋汤。狮子头是昨天做的,许正芳留了一碗。小曼很喜欢吃许萍做的狮子头,它和她平时吃过的完全不同,甜甜的,还干干的,很有嚼劲,应该都是用瘦肉做的。

许正芳给大家一人搛了一只,对着小曼说:"你姑婆做的狮子头跟熟菜店做的一样好吃。"

小曼赶紧点头，小心咬了一口。

　　小曼吃着饭，对着一大桌子菜想：每天两个婆都要不停地做很多家务活，会觉得烦吧！可是，不做的话，不说别的，连饭都没得吃。小曼还想到妈妈许青，每个周日的一大早她都要去买菜，回到家先是拣菜洗菜，然后忙其他的家务，不等喘口气，又要赶着做饭。煤球炉子火候不够，还要用扇子在炉子下方的风口把火扇旺。小曼就时常帮着扇炉子，也会主动掐豆芽根，剥豌豆，当然还要听妈妈的抱怨，小曼记得她说的最多的是"烦死了！从早做到晚"。小曼知道妈妈累，她每天忙于工作，到了礼拜天还要买菜做饭，做很多别的家务。可是，在小曼看来，两个婆不用去哪儿上班，每天还不是从早做到晚，照顾这一大家子，比妈妈还辛苦！

　　"小曼吃饭太慢。"江卫冬打断了小曼的思绪。

　　小曼看大家都吃好了，就赶紧将碗里的饭全塞到嘴里。

　　一阵收拾后，许正芳从被具箱上的托盘里拿了不同瓶子的药倒到手里，然后就着水吞下。

　　小曼很惊讶也很担心，正要喊，许正芳又拿起食母生大瓶倒一小堆在手里，数也不数就扔进嘴里。小曼大叫："不要吃啊，婆！"她想起中年男人在药房配克感敏的事，真怕许正芳药吃过了量。

　　许正芳被小曼吓了一跳，"馒头你叫啥！一惊一乍的。"

小曼就说在药房里看到有人配药,"医生"只给了几粒,说每天三次,每次一粒。

大家也先是被小曼吓一跳,再听她这么说都觉得好笑。丁小亮走过去拿起食母生大瓶倒了几粒扔进嘴里。许正芳朝他背上拍了一下,"不要带坏馒头!"

小曼想,丁小亮把食母生当豆子吃,外婆更是放了不少在嘴里,食母生不是克感敏,大概多吃些没事,是自己太大惊小怪。可是,食母生明明是在药店买的,是药啊!小曼想不明白。

许正芳看着小曼懵懂的样子,叮嘱道:"药不能随便吃!听懂啦?"

小曼点点头,又看一眼丁小亮。许正芳马上说:"你不要学他!"然后对着所有小辈,手掌将药盘子拍得啪啪响,"都听好了,这盘子里的都是药,不许碰!"

八月的午后还很闷热。到了午睡的时间,许正芳和许萍终于可以靠在床上休息一会儿。许正芳闭目养神,许萍摇着蒲扇,旁边的小半导体收音机正轻声播放京剧《智取威虎山》中的"打虎上山"选段,那流转起伏的唱腔,好似在单挑屋外连成一片的单调的蝉鸣。

小曼和李一红躺在地板的席子上。小曼睡不着,上幼儿园的时候她就不怎么睡午觉,总是在老师走开后和小朋友聊天。

她看一眼李一红，李一红眼皮子很重，快睡着了，就没去跟她说话。就算李一红没有睡意，小曼也明白最好不要找她说话。小曼悄悄将目光移到斜上方的许萍那儿，许萍目光散淡，好似任凭思绪飘忽，不去做刻意的停留。小曼望着她，感觉这时的许萍和忙碌着的时候很不一样。隔壁大房间传出了动静，江卫冬他们不知道在搞什么鬼。小曼午睡前看见他们几个凑在一起嘀咕什么。

方伟民蹑手蹑脚潜进来，脚从小曼头上跨过，小曼瞥见他的脚底板黑乎乎的，赶紧侧过身去。

方伟民到了许萍床边，用手挡着嘴对着她耳朵悄悄说了几句，许萍压低声音说："这么热，不怕中暑？"方伟民拉了几下许萍的大胖手臂，许萍只好说："早点回来，别闯祸。"

方伟民离开后，隔壁房间传来细碎密集的脚步声。因为是赤脚，倒不觉得吵。接着是一阵急匆匆的穿鞋声，然后是大门关上时门锁的滑动声。小曼心想：不就是去玩嘛！她才没兴趣知道男孩子们要去玩什么。她躺着睡不着，就回想起在幼儿园午睡的前前后后。

在幼儿园的时候，每天一躺下午睡，小曼自然是盼着快点起床。起来后一般先洗手，再排队坐好，吃一点园里自制的点心。点心通常是小饼干或一小角软面饼。小曼记得有一次起床，每人除了小半杯牛奶，还有两颗枇杷。橘黄的枇杷在白色的小碟子上显得很鲜艳。听说枇杷是从园里的枇杷树上摘下来的，小曼和小朋友们都舍不得吃，当然最后还是吃掉了，吃得很欢，像过节一样。吃完后老师照例给大家讲故事，带着大家做游戏，有时候还会教折纸。小曼喜欢折纸，很快就学会了折蓬蓬船、仙鹤什么的，但最喜欢折的还是贡多拉。贡多拉是一种两头尖尖的往上翘的小船。老师说，一个叫威尼斯的地方有很多小河道，那里的人都是靠坐贡多拉出门的。小曼不知道威尼斯，但她想，要是有一天能坐着小船上幼儿园该多有意思！贡多拉是最难折的，小曼却很拿手，每次折得又快又平整，当最后的对折完成后，再拿起来两边轻轻用力一拽，一艘贡多拉就做好了。当别的小朋友还在折的时候，小曼已经将折好的贡多拉放到掌心上来回欣赏。

小曼想不通，为什么幼儿园说不让上就不让上了？她环顾屋子，呆呆地想，会不会有一天又突然被送去别的什么地方？正午的天空隔着纱窗很像不经意间被抹上一层薄薄的淡灰，显得柔和了许多。不管去哪里，天空还是这片天空吧！小曼的思绪随着窗边的帘子轻轻地飘动。

刚去幼儿园的时候，小曼是很不情愿的。但是，许青和苏强工作都忙，去不去由不得她小曼呀！每个礼拜一早上父母将她送去，礼拜六下班再接回家。刚开始的一段时间，每次去幼儿园她都会哭闹一番，这个时候也是许青和苏强最有耐心的时候。苏强逐一将塑料充气玩偶吹足气，再摆成一排，许青则不厌其烦地哄着小曼挑一只带走。小曼边哭边来回看着玩偶。或许是等的时间有点长，那些玩偶终究没忍住，倒先失了耐心，开始漏气，一个个看上去发皱，松垮，没了弹性，好像是在用快速"变老"来催促小曼。小曼对着"老态龙钟"的玩偶，大概哭累了，便抱起一只，然后，照例去了幼儿园。每周这么来来去去的，小曼都是抱着充气玩偶。后来，每当有人说小曼皱眉头，小曼就会立即想起她的充气玩偶来……

小曼躺在席子上，又想到在家时候的礼拜天。虽说一整个礼拜在家不过一天，也不怎么坐车出门，但和在幼儿园还是很不一样。有时候她会和别的孩子在弄堂里玩；有时候则独自在弄堂的里里外外闲逛，小曼喜欢这种无拘无束的感觉，这让她自在。小曼与楼里的三妹还有毛豆子最熟，和他们时常玩在一起。不知道两个小伙伴现在怎么样了，小曼想。她还担心在外婆家住久了，自己和三妹、毛豆子他们会不会就此淡忘了。

午睡起来后，许萍打开南面的纱窗往下看，嘴里念叨："小鬼们怎么还不上来？"

又过了一个多小时，江卫冬才带着两个外甥回来。先进门的是方伟民，拿着一根竹竿，竹竿顶上还有只布袋；随后是丁小亮，拿着一只不太大的麻布袋，两人脸上都汗津津的，带着笑。

许正芳说："觉都不睡！快去擦把脸！"就要去接丁小亮手

里的袋子。

丁小亮赶紧逃开，脱了塑料凉鞋就跑进离门口最近的大房间里，还把门掩上。许正芳对许萍笑笑，"一天到晚喜欢抓知了。"

小曼和李一红在走廊看热闹，听说是去抓知了，小曼赶紧回到许正芳房间里。

李一红也跟着进来，问小曼："你怕知了？"

小曼点点头，"黑乎乎的，真吓人！"又问李一红："你不怕啊？"

李一红犹豫了一下，"我也有点怕。"她说，看了一眼房门口，对着小曼，"你不要说出来你怕知了。"

小曼忙问："为什么？"

李一红就说："他们会吓你的。"

"啊？"小曼更害怕了。

"棒冰来啦！"江卫冬喊着进来，棒冰用毛巾包着。他叫李一红和小曼去大房间拿，小曼不敢过去，李一红说"不要紧，知了在袋子里呢"，小曼就跟在李一红的后面。

大房间的门已经被江卫冬推开，还没进去，小曼就吓得惊叫。李一红在小曼前头，先就吓了一跳，但没叫出声，小曼这一叫，李一红又吓了一跳。

纱窗上停了好多知了，黑压压的一片，安静得就跟哑巴似的，却自带很强的压迫感，令胆小的人紧张。

小曼逃回了许正芳的房间。她很难受，感觉心脏都快要跳出来。

许正芳和许萍放下手头的事正打算先吃棒冰，被小曼一叫，以为她遇到了什么危险，赶紧从厨房间出来。许萍看一眼纱窗，说道："这小丫头叫得这个样子，心脏病都要发作了！"

许正芳也说："就是呀！还怕知了。"又对着几个男孩子，"你们也是的，吓她做啥？"

丁小亮来劲了，一边大笑一边嚷："谁吓她了，是她自己胆小！"说着，拿起一只跑到小曼面前吓唬她。

小曼吓得又哭又叫，到处躲。她发现501室好小啊！没有一处容得下她。最后无处可逃，只好蜷缩到角落里。

许正芳追上去打了丁小亮一巴掌，"叫你不要吓她，还要吓她！"

丁小亮住了手，说了声"胆小鬼"，就笑着走了。

李一红递给小曼棒冰，还摸了一下小曼的背。她已经帮小曼将棒冰纸剥到了一半。"吃吧，小曼，是赤豆的。"

小曼很喜欢吃赤豆棒冰，盯着看了看，然后拿到手里。

李一红的那根棍子断了一截，她撕下棒冰纸在残棍上缠绕了几下。许正芳看见后说："小红最懂事。"

从厨房间飘出一股奇怪的肉味，是江卫冬带着两个外甥在烤知了。方伟民还拿了知了来给李一红吃，李一红说刚吃了棒冰，不想吃。小曼在一旁不响，也不去看，只盼着他们赶紧都吃掉。

但是，他们还会再去捉知了的，小曼想，心里很不安。她听到许萍在大房间里训斥江卫冬："你做舅舅的，不许再带他们去抓知了了！听到了？"还不忘加一句："把小馒头吓坏你赔啊？"

江卫冬很不情愿地答应一声，还咕噜道："她胆子小怪我啊？我又不晓得。"

"现在晓得了吧？"见儿子不再顶嘴，就去了厨房间，一边做事一边自言自语："没见过胆子这么小的。真是的！"

小曼还是心有余悸，晚上怎么也睡不着，那些知了老是在脑子里挥之不去。她拉住李一红的手，李一红就让她拉着，自己先睡着了。

早上起来，江卫冬他们吃过饭后没去学习小组做作业，老师允许大家在家做。小曼看见他们涂涂画画的，也不凑过去看。她做梦也没想到，江卫冬他们正在准备整她。小曼拉开抽屉，进厕所间，拿杯子喝水，都看到画着知了、蟑螂的纸头。一时间，小曼的尖叫声传得到处都是。

许正芳和许萍已经够忙了，听到小曼的叫声还是放下手里的活，跑过来。"又怎么了？"许萍很恼火地问。她看一眼纱窗，再看看其他地方，没发现什么。

江卫冬、丁小亮和方伟民都不说，看着小曼笑得前仰后合。

问了李一红，才知道是怎么回事。许正芳和许萍一边骂江卫冬他们捉弄小曼，一边埋怨小曼胆子小。许正芳说："画在纸头上的也怕？真是！哪个小孩子不喜欢玩小虫子？"她让丁小亮把那些纸头都交给她，然后一边撕一边咕哝，"叫得跟要杀头似的"。

丁小亮又搞花头，学着小曼的尖叫和害怕的样子踮着脚尖跑来跑去，连李一红都忍不住笑了。小曼很难受，白了丁小亮一眼，拼命憋着不让自己哭出来。

小曼神经紧绷，每天都战战兢兢的，真怕几个男孩又会想出什么花样来整她。小曼感觉日子真慢，这一天天的，简直是度日如年。想到还要过好多年才能长大，她就很着急，可是越着急，就越觉得日子过得慢，只好不去想它。

许青夫妇好久没到许正芳家看小曼了，小曼也不觉得什么。住到许正芳家前，小曼就知道苏强的工作很神秘，没有固定的回家时间，她都快忘了他的模样。而许青忙于工作，回家还要做家务，时常对着小曼喋喋不休，不是说"你爸什么都不管，哪件事都要我来做，我不累啊"，就是说"哪天我也做甩手掌柜"，甚至说"早知道就不生你了，忙得我自己都顾不上"。小曼看到她眼里的怨气，一般都不响，小孩子哪里说得过大人。

小曼算是明白了，幼儿园没法再上，除了待在许正芳家，哪里也去不了。许青和苏强都是要上班的，不可能每天带她一起去单位。

第三章

云很轻，很淡，在风中安静而缓慢地移动，悄然变换着自己的姿势，远去后不留下任何痕迹。我闭上眼睛，忽然有一种和它贴得很近的感觉。幼儿园的小朋友们很像这云，从不同的地方来，又不知去了哪里，连挥手说再会都没来得及。不过，就算说了再会，真的会再会吗？

从哪里传来的敲敲打打的声音，把我拉回到501室。为什么要和丁小亮他们住在一起？难道大我两岁就可以捉弄我，取笑我？还好，李一红没这么对我。我真想长得比丁小亮快一点，要是比他大，看他还敢怎样！如果再比小舅大一些就更好了。当然这都是不可能的。哎！也怪我太不争气，为什么那么怕虫子？虫子又不是没见过，虽然有点怕，但躲开它也就没事了。可气的是丁小亮他们偏要抓那么多回来，还拿过来吓我。我一想到丁小亮抓着虫子在我眼前晃，我就吓得要命。这还没完，竟然又画出来再到处吓我。我真恨自己胆小！这也让我很难受。他们拿我寻开心，大概也是闲得发慌吧！我看他们平时总是靠打打闹闹打发时间，没见他们做什么作业。我打心里讨厌丁小亮他们！住到外婆家之前，我跟他们都不怎么见面，而且我年纪小，偶尔见过后也不太记得，跟他们之间就像陌生人似的。现在却要整天地住在一起，真不知道往后他们还会怎么对付我。可是，讲到底不是他们硬要我来的，我是没别的地方可去被送过来的，两个婆收留我，还要为我做饭洗衣……我不晓得该去怨谁。

假如能让我选，我宁愿待在家里，至少有邻居三妹和毛豆子，他们俩是不会像丁小亮他们那么对我的。当然，这是不可能的，我还太小，不会自己做饭。

我的家在市中心的长福路120弄，这肯定没错。我阿爸姆妈，尤其是阿爸，很仔细地叮嘱过我，万一走丢了，就要马上找到就近的警察叔叔，告诉他我家的住址。所以我家在哪儿我一直记得很牢。

我家的弄堂扁扁的，不大，从长福路的大门进去，一条很短的主道，左右四条分道，将十几栋外形相同的法式三层小洋房划分得整整齐齐。沿主道稍拐一下就是小小的后弄堂了，不像很多弄堂里面房子多，进去后转来转去的很容易迷路。后弄堂有个小门，连着另一个弄堂，再往后又连着下一个，它们一个接一个的，好像被穿在了一条长长的竹竿上，顶点是青西路。每个弄堂都有自己的正门，房子也都有各自的样式。连着各个弄堂的小门一般都开着，从那里进出的都是附近的居民。

我家住9号楼。听姆妈讲，整栋楼内的布局构造是只供一户人家住的。我想象只有我们一家人住在里面，该有多宽敞！我们的房子里总共有六户人家，每层住两家。后来三楼的亭子间和二楼走廊边的小房间又搬进两家，这样就变成了八户。从一楼到三楼，楼梯连着走廊，回廊似的盘旋而上，越往上缩得越短小。站在一楼到二楼的楼梯上，可以看到二楼和三楼的走廊。我一直想不通，三楼两个房门前那短小的走廊，在暗淡的楼道中高高地悬着，看上去比二楼两个房门前的面积小多了，为什么二楼和三楼人家的房间面积却一样大？

我家住一楼，一楼和二楼三楼的布局完全不同，二三楼住户的房门是并排的，同住一楼的我家和三妹家却是对门，中间隔了一条走廊。开了房门出来，南面是小花园入口，北面连着灶披间，厕所靠近大门口。我们两家都是三口人，父母加一个女儿。

按理说，我家和三妹家的中间应该是没有走廊的（我在别的楼里看到过），两家加起来的一整大间是整栋洋房的客堂间。我想，不只是我家，三妹家应该也想过这一整个客堂间最好是自己一家独住。可是，我们两家偏偏只能挤在一间客堂间里过日子，还要留出走廊，各自的面积也就十几平方米。

我一直搞不懂，三妹家明明只有三妹一个女儿，为啥三妹叫"三妹"？我的名字也不统一，我阿爸姓苏，我姆妈给我取了苏曼这个名字，平时叫我小曼。姆妈每次提起我的名字，好像都有点兴奋，"这个'曼'好听吧！这才是女小囡的名字。比那些珍、茵、凤啥的要好得多！"她说的时候，动作没有了平时的硬朗，身段有些微微的扭动，好像恨不得要把"曼"变成她自己的名字。如果这个时候她叫我，我会觉得她叫的不是我，而是她自己。嫌我烦的时候，更是把我叫成"小姑娘"，"这小姑娘这么讨厌！"她冲我说。我望着她，会觉得她根本就忘了我是小曼。"曼"字用沪语来发有一点点拗口，楼里的邻居为了顺口一点都把我叫成"小妹"，听上去和"小曼"差不多；我还在幼儿园的时候，大家用普通话叫我"小曼"，在家里阿爸不会说沪语也叫我"小曼"；姆妈凭心情叫我"小曼（用普通话）"或"小姑娘"；等到了外婆家我就成了"小馒头（外婆用家乡话的发音来叫，大家也都跟着叫）"或"馒头"。我叫啥由不得我，所以我无所谓，不过是应一声而已。

三妹比我大两岁，又是贴隔壁邻居，照例我俩会经常玩在一道，偏偏我姆妈和三妹姆妈相处得不太好，时常闹意见，多多少少影响到我跟三妹。三妹家把笤帚和簸箕直接放在了我家门口，理由是我家门口有一点空地，她家没有，一开门就是花园那两扇玻璃细铁边门。我姆妈嫌鄙她姆妈欢喜在门口扫地，动静比较大，灰尘直接进到我家门里，为此争吵不断。我和三妹都向着自家姆妈，觉得对方姆妈不对，但又懒得帮忙。后来三妹姆妈在天井的水龙头上冲完痰盂罐，直接就放在了公用灶披间的地上。我家和楼上住亭子间的都在公用灶披间做饭，它左面连着天井，右面是三妹家的独用灶披间，她家灶披间的另一头开了门就是弄堂，所以她家做饭一般都是经过公用灶披间，当然也可以出楼口再往旁边拐进去。有一次，我鼓足勇气问三妹："这里是灶披间，你姆妈为啥要把痰盂罐摆在这里？大家走来走去一眼就看到，难为情吧！再讲，你家无所谓，别人家在这里烧饭做菜，臭兮兮的，多少腻心！"三妹听了顶了我两句，没拿走。过了一歇，痰盂罐不见了。我觉得三妹还是讲道理的。

我跟三妹的话多了起来。三妹跟我讲，10号姆妈搬到了我们二楼走廊旁边的小房间里。那间小房间只有六平方米，也许早年洋房的主人是用来储物的。或许因为它是独立的小间，比楼里边边角角的壁橱大，一直被公家锁着，楼里的人才没法往里面胡乱堆放东西。在我们9号楼，但凡有一个空处，大家就会抢着往里堆东西，那些东西只为了占地方，基本上都是不用的。我家房间隔壁的火表间就被堆满了不能再用的桶啊盆啊的，以及一些破烂家具，甚至还有人家将不知道装了些什么的破袋子也搁了进去，而只有摞在最上面的竹榻会在夏季的傍晚被搬到小花园里用来乘风凉。

听说10号姆妈是最早住进10号楼的，又有些年纪，大家就都管她叫10号姆妈。她怎么会住到9号楼来了？我问三妹愿不愿意一起上去看看，三妹大概有别的事，或者对10号姆妈搬来这件事没太大的兴趣，就说："你自己先去看一下吧。"

我轻轻上楼，在楼梯口往10号姆妈的小房间张望。房门没关，朝外开了一点，大概怕影响邻居通过。我看到门里挂着灰白竖条纹布帘，从上到下挂得和门一样高，不像楼里其他的人家，开着门时，只用一块花布挂在中间部位，暂且挡住路过邻居的视线。看上去就像哪个女人穿了一条超短连衣裙，上面不能完全遮住胸脯，下面更是连大腿都露了出来，布头用得相当节约，像一块零头布一点富余也没有。而10号姆妈门口的布帘抽着皱褶，像极了长到脚面的裙子。当时还不晓得用"优雅"来形容，只是想，如果能穿上这么一条素色长裙该多少好看！我盯着那帘子发呆。布帘被撩开一角，10号姆妈发现了我。我很尴尬，想赶紧溜走。10号姆妈朝我笑笑，招招手，叫我"进来玩"。我看她蛮和气的，就进了她家小房间。

10号姆妈留着整齐的短发，短发里夹着丝丝灰白，看着有些上年纪了。但是，她很好看，笑起来给人很舒服的感觉。她穿的是白色的确良长袖衬衫和黑藏青府绸长裤，脚上穿着玻璃丝袜和搭扣黑布鞋。这身穿着没有什么特别，我姆妈的衣橱里也有，但是穿在10号姆妈身上会感觉很不一样，大概是10号姆妈本人哪里跟人不同吧？

10号姆妈的小房间似乎没有想象的那么狭小。西面的窗下横着一张单人床，没有床架，用两条长凳架着，正好卡进两边的墙。北面放着五斗橱，紧贴床边。五斗橱和东面的窗下又嵌进一张饭桌。靠走廊的门的旁边、也是靠着床放了小茶几。东西两头的窗户上都挂着白色窗帘，窗开着，风从里面过一下就跑了，只留下帘子在轻微摆动。床上和桌上都铺着蓝色的布，很平整，好像要和窗外的天空融到一起。

　　10号姆妈要我坐到床上，我摇摇头。她从桌子下面掏出凳子，我才和她都坐了下来。随后，10号姆妈又掀起台布，从桌子的小抽屉里拿出两根皮筋，给我扎了两个扫把辫，还把我托起来照一下五斗橱的镜子。我姆妈可没时间给我梳小辫，也不会像10号姆妈这样开了抽屉或拿了凳子后再把桌布放好。我姆妈关抽屉总是一推了事，很少有关紧的，敞着一些口的抽屉还常常咬着衣服袜子什么的。当然，姆妈又不是10号姆妈，我不想拿她们做比较。我看见墙上有一个镜框，里面是合影。

　　10号姆妈见我看照片，就说："那是我的全家照，我爱人和我，还有三个儿子。拍了好多年了。老大和老二前几年成了家，老三刚结婚，我把10号楼的房间让给了他。多亏公家给我分了这间小房间。"说完，喜滋滋地看着房间，脸上没有任何的不满。

　　10号姆妈还告诉我，她爱人已经不在了。我一时发愣，照片上10号姆妈的爱人面带微笑，手还搭在她的肩上。好端端的，怎么就"不在了"？从10号姆妈的话语里，我听出"不在了"的意思。就在上两个月，轮到我家算水电费，三楼爷叔把他家的费用交给了我姆妈，姆妈忙，接过来就随手压在了玻璃台板下。没想到晚上爷叔就"走了"，原因是听到乡下务农的儿子要回来了，太激动，一下子脑溢血"走了"。这里的"走了"跟"不在了"是一个意思。邻居们听说爷叔"走了"要去送一送，结伴去了医院。当时我真搞不懂，早上看到爷叔还蛮好的，可是才不到一天爷叔就"走了"，也就是说，爷叔不再回9号楼，也不再去哪里，彻底消失了。我无意间瞥到一眼台板下的钞票，吓了一跳，不敢走出房门半步。姆妈一遍又一遍催我去灶披间刷牙洗脸，看我迟迟不动，她都快光火了。姆妈已经钻进被头里，我跟她讲我怕，她也不可能起来陪我出房间。我紧张得不得了，又不晓得哪能办，只好硬着头皮冲出去，以最快速度把楼道和灶披间的灯打开。好些日子后，我终于确定三楼爷叔是真的"走了"，他不再进出9号楼，他的女儿也不像平常那样喜欢讲话了，看上去还有一些难过的表情。但我还是会冷不丁地冒出念头，三楼爷叔呢？看着10号姆妈家墙上的照片，我又突然冒出同样的念头，10号姆妈的爱人呢？还有，人"不在了"是不是就和没生出来是一样的？我觉得这么想好像不大对，究竟哪里不对？人还没生出来的时候没人认得他的，而人"不在了"以后还是有人记得他的，他有过家人、邻居跟朋友……10号姆妈提到她爱人"不在了"的时候，语气里听不出有什么变化，我不晓得10号姆妈这个时候的心情，对着她说不出什么来，心里有点沮丧。

10号姆妈没再提她的爱人，而是说："我有三个儿子，还有媳妇和孙子孙女，我们经常走动，过得蛮开心。"

我点点头。听得出10号姆妈对现在的日子是很满意的。我看看她，又看看照片，对她说："现在的10号姆妈和以前的10号姆妈一样好看。"

"是吧？你也蛮好看的。"

我愣住了，居然有人说我好看。

10号姆妈看着我说："是真的。"又问我，"叫啥名字啊？"

"大家都叫我小妹，说是顺口。其实我叫苏——曼，是我姆妈起的。"

"哦，你姆妈取得蛮好！"停顿一下，"你欢喜吧？"

"我一般性。姆妈欢喜，说'曼'好听。我阿爸跟我讲的。"

"外国有个古典音乐家叫舒曼。"

10号姆妈提到舒曼时用的是普通话。猛一听跟我的名字发音几乎一样。我有点激动，脱口问："真的？"

"当然了！他是德国作曲家，写过很多好听的曲子。"

"10号姆妈唱一个听听？"

"哎呀，太难了！10号姆妈只是听过。"看我望着她，10号姆妈想了想说，"要么我哼一小段舒曼的摇篮曲？只有摇篮曲我还记得一点点。"我马上点头。10号姆妈就哼唱了起来。一小段后，她笑着停下来，"好像啥地方走音了"。

"太好听了！"我说，"像微风轻轻吹过，小毛头听了肯定睡得香！"心里真想做一做小毛头。

"小曼对音乐蛮有感觉的嘛！"10号姆妈说。

我听了很开心。我平常唱儿歌，唱《大海航行靠舵手》，要是能跟10号姆妈学一学，把这首摇篮曲哼唱出来，那就太好了！不过我没有对10号姆妈讲，她随口哼的，也记不全了，我不想给她添麻烦。

10号姆妈拉开五斗橱的玻璃门，拿出一只小巧的糖果罐头，罐头上还印着兔子的图案。10号姆妈要我挑欢喜的糖，我拿了一颗大白兔奶糖，她说她来一颗椰子糖，然后将罐头放到桌子上。有一本很薄的书原先被糖果罐头顶住竖着靠着橱内壁，糖罐头被拿开后，书倒了下来。

我剥掉糖纸头，将大白兔奶糖放进嘴里。"哎？这本书没封面嘛！"我看着倒在橱里的书问。

10号姆妈拿起书，"老里老早翻过的，讲啥忘记掉了。封面不晓得被啥人撕掉了。我写什么的时候用它来垫一垫"。

我接过来看，封底也没有。我还没上学，不识字，只是随手翻翻。我无意中看到有一页上印着"曼"字，是我小曼的"曼"，这我认得。我指着它让10号姆妈看。10号姆妈笑了，"哦，小曼认出了自己的名字。不过这个'曼'要跟前后的字一道念——沙拉曼达"。说完又问我："好听吗？"

我点点头，"沙拉曼达，蛮别致的。是人的名字啊？"

10号姆妈想了想说："好像是树的名称。"

"哦，是啥样子的树啊？"

"这个嘛，不晓得呀！"10号姆妈说。看我很想知道的样子，就答应我去问一下，看看有没有谁知道。

我下楼前，10号姆妈告诉我，她每天都要去10号楼，帮儿子料理家务，晚上吃了饭再回小房间。看来10号姆妈很忙，都没时间待在小房间做自己的事。我倒并不在意，反正都住在一个楼里，楼上楼下的，真有什么事，晚上晚一点也还是可以去打扰一下的，总能找得到她，10号姆妈又不会突然跑掉。我在弄堂玩的时候，偶尔看到她拎着菜往10号楼去，我们会互相笑着招招手打个招呼，或者走近了简单说两句。后来，直到我离开家都没有再去过她楼上的小房间，我没有想到去了外婆家会就此住下。

我时常跟三妹提到10号姆妈，三妹听得多了对10号姆妈也有了兴趣。不晓得从哪里打听来的，她偷偷跟我讲，10号姆妈的爱人好几年前就不在了。我想起那天在10号姆妈的小房间里她亲口告诉过我，就没有很惊讶，不过心里还是会有说不出的滋味。除了因为10号姆妈，还为了什么呢？

三妹大我两岁，先一步上了学。我平时都上幼儿园，礼拜天在家我经常看到有同学来找她，又因为两家姆妈的关系，我和三妹虽然有时候会玩在一起，但玩的次数和时间并不多。我多数时候都是自己玩，在小花园踢毽子、跳绳，或是将橡皮筋绑在两棵树上自己跳，要不就去弄堂闲逛，运气好的话，姆妈会给我五分一毛的，我就去弄堂外沿马路的老山东烟纸店买烤扁橄榄，或者奶油桃板。每次都看见老山东坐在里间的破摇椅上，头顶上那只昏黄的灯泡总是亮着。听到我喊"有人吗"，不管是正吃着饭，还是在闭目养神，老山东都会慢悠悠地起身过来。碰到买赤豆棒冰，老山东"嘭"的一下打开胀满凉气的保温瓶，揪着白布包着的大盖子问我，棒头断的要吧？我一般都会在心里斗争一下，断的便宜一分钱。后来跟三妹一起过来，就不会犹豫了。三妹从来不买棒头断的，也不让我买，说断的怎么拿！

　　三妹过得很好，她姆妈对她真是百般呵护。我经常听到三妹姆妈喊"囡囡啊，吃苹果了"，要不就是"天冷死了，再加一件绒线衫好吧"。三妹却总是不耐烦地回一句"晓得了"，或者"烦死了"。我还经常看到三妹姆妈把三妹搂到怀里，三妹就挣脱开去。

　　我蛮羡慕三妹，我姆妈不怎么管我。她礼拜天要起早买菜，回来再拣菜和洗菜，还要洗衣服、洗床单等。我会帮姆妈拣拣菜，但姆妈洗床单什么的，我插不上手，偶尔会在旁边看。姆妈一般先在木盆里倒上热水，然后坐到小板凳上，用菜刀往盆里削固本肥皂。姆妈削的时候，还时不时地用手搅一下盆里的热水，我真怕她烫了手。我喜欢看姆妈削肥皂，在我眼里削下来的肥皂片就像淡黄的小树叶纷纷飘落到河里，最后消失，不留一点行踪。削好肥皂，姆妈把要洗的被单等浸泡到盆里，然后用搓板搓洗，还说："这是跟你姑婆学的，洗被子被单可以快一点，还省肥皂。"姆妈每一次都要洗好多东西。用三妹的话说，你姆妈一洗，小花园就晾满。姆妈洗完马上又赶着做饭。面端上来的时候，姆妈说："来不及了，将就吃一点吧！"我阿爸不大在家，三妹阿爸每天比她姆妈都回来得早，买菜烧饭全由她阿爸一人做了。三妹姆妈没有我姆妈辛苦。每一家情况不一样，比不了的，没必要多想。

我有次问三妹："你家就你一个小人，为啥要叫三妹？"

三妹说："我姆妈就喜欢小人，希望多养两个。"说着她两手一摊，"结果只有我一个。"

我问她："你想有阿姐阿妹吧？"

她想了想："有时候想，有时候不想。"

"为啥？"

她摇摇头，"讲不清楚。"

"嗯，是蛮难讲的。"

"就算有，一定就是阿姐阿妹？要是男男头呢？烦也烦死了！"

49

我同意三妹讲的，男男头是蛮烦的，跟我们女小囡玩不到一道。就说毛豆子吧，有一天他抓了不少鼻涕虫，穿在一根长竹条上，再把竹条插到小花园的土里。我有点怕，又恶心得要命，躲到三妹背后。三妹倒还好，说放心吧，虫不会爬过来的。我也想看看毛豆子到底哪能处置它们，就一直忍着。没想到毛豆子往竹条上自上而下地撒盐，鼻涕虫居然很快就化掉，变成一摊水。毛豆子这一招我没想到，本来以为他会用火烧。过后我跟三妹讲，没想到毛豆子居然用盐来对付鼻涕虫。看到鼻涕虫在竹条上扭来扭去真是腻心！他做啥要抓这许多鼻涕虫，男男头是不是太无聊了？三妹却说，鼻涕虫是毛豆子从他家一楼的房间里捉的。是吧？我没想到。三妹又讲，他家一楼的房间里有一条阴沟，他阿爸老樊准备用水泥封掉它。原来是这样，毛豆子不得不抓啊！只是那天看毛豆子在那里摆弄，我不光害怕，还浑身难受。直到经历过丁小亮拿知了吓我的事情后，毛豆子消灭鼻涕虫这桩事情倒是淡忘了不少。

毛豆子比我大三岁，也是我的邻居。他家是独立的两层小楼，和我们主楼分着。他家西面连着小花园，北面是弄堂的尽头，西面和北面都有房门，可以方便地进出小花园和弄堂。这独立的小楼是主楼洋房原来的汽车间，一楼用来停放汽车，二楼是给司机住的。老樊还在一楼的西面开了墙，贴着小花园南面的围墙往外搭了一个长条的简易灶披间，占了小花园的一角。除了没有厕所,毛豆子家独用汽车间,无论如何都要比全主楼的人家过得舒服,甚至在住主楼的人家眼里他家才是独立的小洋楼。最让主楼住户羡慕的是他家不必和大家挤在一起,可以避免多少邻里纠纷啊!礼拜天早上八九点钟,老樊端着痰盂从小花园上来,神情严肃地穿过我和三妹两家间的过道,他那个样子总让我觉得好笑。老樊应该很不喜欢小孩,我常常听到他骂毛豆子,也不见毛豆子回嘴,好像毛豆子时不时就做了什么坏事。我有时把耳朵贴近窗户使劲听,也没听出到底是为了什么事。也许是毛豆子还小,被老樊骂过后,他很快跑出门找几个男男头去玩了。我一般也会跑去弄堂里,看他和别的男孩玩扯铃、打陀螺或打弹子。这几项应该都是毛豆子很拿手的,如果有人问他玩什么好,他总是提议玩这些。毛豆子玩的时候是很用心用力的,好像那不是在玩,而是在比赛。他打弹子时多数是蹲着,功架蛮好,不像有的人是趴着的。弹子在他手里很听话,大拇指用力一推,总能击中对方的弹子,眼货实在好。渐渐地那些弹子老被他打中的人觉得没劲了,嚷嚷着要斗鸡,毛豆子拗不过他们,只好同意。一般这个时候,我会离他们远一点。真不知道这是啥人发明的。大家全部单腿独立,两只手端起另一条腿,像青蛙似的跳来跳去,用膝盖去撞你撞他的,就看谁先双脚落地。大家都想赢,斗得还是很激烈的。毛豆子在个头和力气上都不占上风,经常被撞得摔倒在地,但他不服,爬起来又接着来。

我只是站在边上看，也没怎样，可他总是会白我一眼。真是可笑，明明是他自己斗不过嘛！当我看到他又一屁股摔到地上那惨样，会忍不住笑出来，毛豆子挨骂的事也忘记掉了。但愿毛豆子在和大家玩的时候，也把挨骂的事忘记掉。

我有时候想，老樊要是能像我阿爸那么忙就好了，就不会有空老是骂毛豆子，毛豆子也可以过得轻松一点。

真不晓得老樊为啥要一天到晚地骂毛豆子？我和三妹私下里讲："老樊这是吃饱了撑的！那么不欢喜毛豆子，做啥要把他生出来？"

我话音刚落，三妹就气愤地应道："就是呀！"马上又说，"我阿爸要是敢像老樊这副样子，我跟姆妈肯定不饶他！"

我听了用力地点一点头，表示赞同。然后我说："你阿爸不会。"我转念想到我阿爸，吃不准到底应该哪能讲好。

估计老樊仗着自己住的是汽车间，汽车间和主楼分着，他发脾气邻居们应该也听不到什么，骂起毛豆子来就不管不顾的。三妹家的窗户离毛豆子家最近，毛豆子家有什么动静自然听到得多一点。

礼拜天吃好中饭，三妹就急着把我叫到弄堂里去。"你晓得吧，老樊越来越坏了，除了骂，还动手打毛豆子！"她气呼呼地说。

"啊！为啥？"我脱口道。但我想，三妹应该也不清楚。

"啥人晓得！"三妹接着讲："有天夜里，我听到一只瓶子敲碎掉了，还有手掌打在身上的声音。肯定是老樊喝饱老酒打毛豆子。"

"老樊发神经啊！好端端的日子不过，非要搞得一塌糊涂！"我说。

"就是呀！"三妹火气蛮大。随后又说，"毛豆子嚷了一句，没听清。他没哭出来，大概怕被别人听到吧！"

我听了这话蛮难过的，"哎，要是毛豆子的姆妈在就好了！毛豆子应该有姆妈的。毛豆子姆妈你看到过吧？"

"没呀！就是看到过，我也记不得的。我姆妈讲，毛豆子很小的时候她就走掉了。"

"哦，是吧？"

"要我看啊，老樊这副样子，没人欢喜跟他在一道。小妹你讲呢？"

"也许毛豆子姆妈走掉了，老樊才越来越这副样子？"

"也有可能。"三妹点点头。

"他姆妈带毛豆子一道走多好？真是的，连儿子也不要了！"我越想越搞不懂。

三妹凑近我，"我告诉你，你不要跟别人讲。我姆妈透露过，毛豆子还有个妹妹，妹妹被他姆妈带走了。"

"真的啊？"我没想到。

"我姆妈还讲，老樊欢喜女小囡，但是那个时候女儿还太小，只好让他姆妈带走，这样一来，毛豆子就不可能再给他姆妈了。"

"原来是这样子啊！阿爸姆妈分开，小人一人一个。毛豆子跟了这种阿爸，真是倒霉！"

正说着，毛豆子从通弄堂的房门出来，门关得蛮重。他低着头径自走到弄堂外，在树荫处蹲下，头埋到臂弯里。毛豆子又被老樊骂了或者打了？我和三妹尾随他在远一点的地方看着。

"有人跟毛豆子玩玩就好了。"三妹说。

"毛豆子不开心，今朝比平常严重啊！你看他都没心思玩了。"

"嗯，哪能办呢？"

我跟三妹走上去在毛豆子旁边蹲下来，没响。毛豆子抬起头，"你们两个人过来做啥？"

"来玩扯铃好吗？我跟小妹不比你差。"

毛豆子冷冰冰地看着地面，"扯铃的声音听起来像耳鸣，不适意。"

"那玩造房子？"

毛豆子朝我看一眼，说："没劲。"

三妹问："今朝你阿爸又跟你搞了？"

毛豆子先是不响，然后叹了口气，"我在想啊，阿爸每天好像事情蛮多，一直做不停，但又没觉得他做了啥有意思的事情。一天到晚不是骂就是打，似乎又比别人空得多。你们讲讲看，是不是啊？"

三妹叹了叹气。

我憋不牢还是问毛豆子："啥是耳鸣啊？"

毛豆子做了一个打耳光的动作，"我阿爸扇我耳光，手重了，耳朵里就会响"。然后看看我，"讲了你也不懂"。

"你阿爸太凶了！刚刚又打你了？"见他跑到这里蹲着，我急于想晓得，心里不住地骂着老樊。

"今朝没有。"

"那为啥不开心？"

毛豆子火气大起来，"无聊，实在无聊！"平息一下后，才讲，"他叫我摊荷包蛋。"

我冲口问："你摊破掉了？"

"瞎讲，我摊得蛮好！阿爸还是骂我，怪我摊得太小，问我为啥不摊大一点？你讲，统共一只蛋，看上去大点小点，还不是一样？哎，我真是没话好讲！"

我和三妹实在没屏牢，笑了出来。

"好笑是吧？啥叫无聊，把荷包蛋摊得大一点就是无聊！"

我想出一计："下一趟两只蛋一道摊，看上去大得不得了，你就讲敲出一只双黄蛋。"

三妹马上说："老樊是吃素的？有几只生鸡蛋，不要记得太清！"

"就是讲呀！"毛豆子自己也觉得好笑，气消了一大半，但还是叹口气说，"听上去好笑，日子是真难过！"

"你阿爸这么凶，做小人的只能被他欺负？"我说。

"我跟他对骂？跟他打？我这点点大，可能吧？"又自言自语，"啥时候才能长大？"

我和三妹说啥好呢？过了一会儿，三妹说一声"你们等一歇"，就跑掉了。

"打陀螺？"毛豆子问我。

"不好，我跟三妹打不过你。"

"跳山羊也不好，你们是女小囡。还是滚铁圈吧！"

"我跟三妹屋里没铁圈。"

"我屋里有，回去拿。"说着起身就要往回走。

三妹拿了三根棒冰过来，"老山东的烟纸店正好有绿豆的，消消火。"

绿豆棒冰吃起来很清凉。吃好后，人适意多了。毛豆子回家拿了三个铁圈出来，还有三根用来推动铁圈往前滚的铁钩。

"你屋里铁圈真多！"我说，顺手接过一只。

"有的是，全是旧的马桶箍，不晓得爷老头子是从啥地方弄得来的。铁钩是他自己做的。"

我拿起铁钩来欣赏，"你阿爸手真巧，不愧是钳工！"

"手巧有啥用？还不是一天到晚搞事情！除非全上海的钩子

全部让爷老头子做，做得连睡觉时间也没有。"

三妹警觉地看看周围，"你叫你阿爸爷老头子，当心被他听到。"

毛豆子沉下脸，声音也变得低沉了，"听到就听到！实在气愤的时候也会想，他现在这副样子，等我大了，也要捆他，让他尝尝味道！"

三妹赶紧劝道："不要瞎讲，儿子哪能可以打阿爸？"

我马上说："毛豆子讲的是气话。"又安慰毛豆子，"偷偷地讲讲算了。你大了，他就不敢打你了。"

毛豆子长叹一口气，"早了，不晓得要等到哪一天！"

三妹问毛豆子："如果现在你是你阿爸，你阿爸是你，你会打他吗？"

毛豆子一时发愣，过了一歇，慢悠悠地讲："这啥人晓得？"

沉默了片刻，我说："我相信毛豆子不会。"

毛豆子朝我点点头，"你这句话我蛮要听。"然后又说："有时候气得不得了，的确会讲气话，就像小妹说的。无论做儿子还是做阿爸，不管哪能，有些事情我毛豆子做不出来！"

我跟三妹拼命点头，完全认可毛豆子的话。

"快点滚铁圈吧！"三妹说，看上去要比毛豆子起劲。

毛豆子就给我和三妹配好铁圈跟铁钩，并辅导我俩滚铁圈。等我跟三妹练得差不多了，就一道滚着铁圈往后弄堂跑，铁圈倒了扶起来再滚。到了弄堂和弄堂的接口处，毛豆子就率先熟练地握起铁圈跨过去，功架蛮好，我和三妹就模仿他的动作。我们很快跑到了弄堂顶头的青西路，再折回来，又是一路狂奔。我们这样来来回回的，忘了时间。天有点暗，然后落雨了。我们照玩不误，我边跑边拉开嗓门唱："落雨啦，打烊啦，小巴辣子开会了，大头娃娃跳舞啦！"三妹跟毛豆子也一道唱起来，唱了一遍又一遍。雨越落越大，我们跑回了9号楼。

三妹突然讲："我提议，我们都去毛豆子屋里好吧？"

毛豆子在小花园楼道口朝汽车间看了一眼，应道："好啊，我阿爸还没回来。他下午有事情出去了。"

我问："要是他现在回来了呢？"

三妹马上说："我跟你就是要待着，看他敢怎么样！"

"对，他要是敢欺负毛豆子，我们就一道讲他！"

进了房间，毛豆子给我们倒了白开水，还对我讲："你今朝唱得蛮好！为啥你在你房间里唱得难听？"

我想起从10号姆妈楼上下来后，10号姆妈哼的摇篮曲老是在我脑子里绕来绕去，就时不时地会凭着记忆哼唱一番。

"啥地方难听了？是舒曼的摇篮曲好吧！10号姆妈唱给我听的。懂也不懂！"

我不服气，数落毛豆子。"舒曼"我还特地用了普通话。

"什么，你的摇篮曲？还是10号姆妈唱给你听的？这记我真的搞不懂了！"

我看到毛豆子的样子，笑了出来，"是舒曼，不是我苏曼。舒曼是德国作曲家，摇篮曲是他写的，晓得吧？"

"啊？德国作曲家写的摇篮曲？"毛豆子一脸惊讶，"被你一唱难听死了，像哭一样，跑调跑得也太结棍了点吧！再讲，你的摇篮曲我隔了小花园都听到了，小毛头睡得着吧？"

"我练习练习，唱响点，关小毛头啥事情！"

毛豆子先笑了，三妹也笑。看到毛豆子开心，让让他算了。

三妹说："为啥落雨了就要打烊呢？老山东就不打烊。"

我也说："一打烊，他跟自己开会啊？再要跳舞……"我们又笑。

随后，我们玩抓棋、猜东里猜和石头剪刀布。最后，我跟三妹玩挑绷绷，毛豆子在边上看。这时，老樊回来了。我跟三妹叫了一声，他"嗯"一下，勉强挤出一点笑，就进灶披间了。

灶披间传来锅碗瓢盆的声音，虽然知道他是在做晚饭，但我们再也没心思玩了，连讲话都变得很不自然，好像老樊根本没去灶披间，而是一直站在边上盯牢我们。毛豆子似乎也越来越不适意。我和三妹跟他说要回去吃饭，就出来了。

穿过小花园，在进各自房间时，三妹讲："太不适意了，我算感受到了一点毛豆子的处境。"

我点点头，"嗯，毛豆子日子蛮难过，不晓得老樊啥时候会发作。"

"蛮像打针的，擦好酒精针头就要往肉里戳的时候最紧张。"

"你这个比方蛮到位！但愿今朝太平，毛豆子能好过一点。"

"刚刚应该算'太平'了，还不是一样不好过！不要讲毛豆子了，就连我们两个心里也有讲不出的紧张。"

"是呀，哪能办呢？"

我和三妹能有啥办法？但我们还是想尽可能地想点啥出来。我跟三妹就差把头想破了。后来,礼拜天只要听到老樊跟儿子闹，我跟三妹就跑到小花园或者去弄堂，故意在他们家门口大声说话，如果还是闹，我们就索性敲门喊毛豆子出来玩，毛豆子就会趁机跑出来。

日子过得真慢，慢得我们根本感觉不到正在长大。但是，这么一天天地过下去，不管会遇到什么事情，我们总归会长大。就我来说，我不如三妹过得那么适意，但比起毛豆子还是要安稳些，我真心盼望老樊别再打骂毛豆子了，毛豆子也最好能快点长大。但没想到的是，我突然住到了外婆家。

第四章

　　转眼到了冬季，小曼在外婆家过了有段日子了。年关将至，许正芳和许萍急着备年货，比平时更加忙碌。

　　许正芳拿出用纸包着的腊肉查看了一番，对许萍说："大年夜拿一块切片，加一些笋干和地梨炒一炒？"

　　许萍点点头，"嗯，肯定好吃。"

　　许正芳又把肉包上放回了通风处。

　　小曼想，外婆做的腊肉看着真香！还在十月下旬，天气转凉之际，小曼亲眼看到许正芳做腊肉的过程。许正芳拿起肥瘦相间的带皮猪肉，先用镊子拔去皮上残留的毛，然后将肉冲洗过后放进干净的钵斗里，倒上老酒，再是酱油，然后又用手反复翻捏，直到肉完全变成了酱油色。小曼在一边很得意，酱油是她拿了空瓶子去粮油店零拷的。许正芳在肉的上面铺了油纸，又压上石头。大约腌制一周后，肉被取出来挂到东头窗户的遮阳棚下。几天后，肉里的水分吹得差不多了，再取下来包上纸存放起来。

　　在许正芳家的生活对小曼来说是全新的，她在逐渐习惯。

中秋节许正芳和许萍给每个孩子分了零食，有花生、糖果、饼干和一小块月饼等，这些零食被放入透明的袋子里，鼓鼓囊囊的，袋口由一只彩色的塑料扣别着，像一份礼物。小曼拿着自己的那一份，很高兴，她注意到大家拿的都是一样的。平时，小曼经常看到江卫冬、丁小亮和方伟民会偷偷拉开五斗橱的小玻璃门，从点心罐里拿东西吃。小曼最多是看一眼，也不会去告状。她看出丁小亮好像不怕撞上许正芳，江卫冬和方伟民则不担心被许萍看到。有一次，许萍正好进来，大概是走得急，没看见他俩在偷吃，等许萍拿了东西转身出去，江卫冬和方伟民就得意地冲小曼做鬼脸。小曼心里不是滋味，但她能怎样呢？这是许正芳和许萍家，她们喜欢谁又由不得她小曼，再说她是最后才来的。小曼没见过李一红私下打开点心罐拿东西吃。点心罐里有时候放的是些糖果和饼干，但放的最多的是爆米花和爆年糕片，这后两样都是在楼下流动摊点排队爆的。点心罐空的时候，里面会放炒麦粉。许萍炒麦粉的时候，小曼就在旁边看，面粉在锅里炒熟后会飘出一股子香气，她很喜欢闻这个味道。一般到了下午，许正芳拿出炒麦粉来给大家当点心垫垫肚子，每个人都有份。吃炒麦粉的方法很简单，只需用开水冲成糊状就可以了。吃过炒麦粉的都知道，炒麦粉不能多吃，不然肚子会很不舒服，还容易上火。但是肚子感觉饿的时候，哪顾得上这个那个。

小曼从来不随便拿东西吃，就算许正芳和许萍不说她，她也不会的。她有自己的办法：饿了，玩一会儿就忘了。小曼认定李一红也是这样的，李一红不会随便拿东西吃。可是，小曼发现了一个秘密，和李一红有关，李一红不知道小曼知道。这事过后，小曼对谁都没说过，似乎早就忘了。那天，许正芳让李一红去对过丹霞一条街的食品店买点心，一斤油枣。李一红买好上楼时，小曼经许正芳同意正好去楼下玩，许正芳要她玩一会儿就上来，不要锁大门。小曼跨上楼道扶手往下滑，看见斜下方的李一红站在楼梯上停下不走，小曼很奇怪，正要问，只见李一红打开纸袋，先后从里面拿了两个油枣放进嘴里，又熟练地按原来的折痕把袋口包好。小曼没料到，愣了一下，但很快从扶手上下来，一边踏着楼梯，一边唱"落雨啦，打烊啦"。李一红听到后对着从楼上下来的小曼说："哪里落雨了？瞎唱八唱。"小曼到了李一红跟前，对她说："我下去玩，你放好东西下来？"李一红道："算了，一歇歇又要上来。"小曼就说："那我自己玩了上去。"然后跨上扶手一路滑下去。李一红从袋子里拿油枣的动作在小曼的眼前过了好几次，出了16号楼，小曼就不去理会了。

小曼进药房看一会儿"医生"配药，觉得很有趣，想长大后也做这样的工作。药房出来，又进邮局转了一圈，一些人进进出出忙着寄信、寄包裹，个别的看着很着急，正等着发电报。

小曼想到三妹和毛豆子，不知道他们现在怎么样了？她真想给他们写一封信。但那要等很久，她还没有上学。小曼又想起曾经朝夕相处的幼儿园小朋友，也很想给他们写信，可她转念一想，就算有一天信写好了，那该往哪儿寄呢？都不知道他们住在哪里。小曼心里很茫然，看了一会儿从她面前走过的人，发了一会儿呆，然后出来往回走。

过了夏天，楼口旁边的垃圾口没那么臭了。小曼回到16号楼口，想起垃圾口再过去就是洗染店，店的角落里总是坐着一个大姐姐。她走过垃圾口，隔了洗染店的大玻璃看到坐在玻璃一角的大姐姐。她贴近细看，大姐姐手里拿着碗口大的小绷架，上面套着破了洞的玻璃丝袜，她正细心织补。在小曼眼里，大姐姐哪里是在织补，她用灵巧的手在做一件美妙的事情，她走线的动作如行云流水一气呵成。小曼呆呆地看了很久。破洞被织补过后，看不出任何痕迹，和新的一样完好。大姐姐抬头看一眼小曼，好像才发现有人看着她，然后继续手上的活。她看起来安静、专心，眼神始终落在绷架上，好像不是在织补，而是在绣一幅画。

一声"馒头"从天而降。小曼抬头看，楼房如同巨大的砖头陡然竖立在面前，就差要压下来。许萍从501室厨房间的窗口正往下看着她。小曼生出奇异的感觉，许萍明明很壮实，离远了看竟会变得瘦小，而在对方眼里她小曼也只不过是一个小点吧。小曼不去看许萍，也不去看楼房，她的视线移向天空。天空依旧辽阔，无边无际的，什么阻隔也没有，云悠悠地来去，那飘逸的洁白与无尽的碧蓝叠加在一起，多么轻盈素净！小曼沉浸其中。"傻啦？还不上来！"许萍又喊。小曼回过神，看一眼大姐姐，大姐姐隔着玻璃应该没听到吧？她专心地做着织补。小曼赶紧往楼上跑。

晚上，小曼老是想起大姐姐，她低着头专心织补时的那份安静给小曼留下了很深的印象，感觉她和洗染店的里里外外是完全隔离的，她只沉浸在自己的世界里。小曼想起了10号妈，一时觉得10号妈和大姐姐在有些地方很像。这当然不是指哪里长得像，小曼心里能感觉得到那个意思，但很难说得清楚。小曼不在乎说不说得清楚，她又不要说给谁听。

人跟人是不一样的，会碰到谁没有定规，有时候是像10号妈、大姐姐那样的，有时候是像江卫冬那样的，有时候会都碰到，这不由人，小曼想。听到江卫冬在大房间里骂她丑八怪，还嘲笑她胆子小，其他人跟着笑，小曼很不开心。但她想起了10号妈对她说过的话，心情就会好一些。在10号妈眼里她小曼是可爱的，根本不是什么丑八怪，小曼相信大姐姐也一定不会像江卫冬那么说自己。每个人有每个人的看法，江卫冬的话又不是标准！小曼理直气壮地想。她心里讨厌江卫冬他们，可是又没有办法不跟他们住在一起。但她从来也没有骂过江卫冬，私底下也没有，就连跟"肥"有关的字眼都没有说过。然而，江卫冬哪里会想到这些，为了调剂自己无聊的心情，有事没事就拿小曼寻开心。

有天吃饭，江卫冬主动捩了一块鸡肉给小曼，小曼挺感激，就吃掉了。

江卫冬问："好吃吗？"小曼点点头。

江卫冬他们就忍不住大笑起来。小曼不知道是怎么回事，呆呆地望着他们。

丁小亮更是笑岔了气，指着小曼，"她说鸡屁股好吃……"桌上所有的人都笑了起来。

小曼明白自己被捉弄了，很生气，但什么话都说不出来。她也气自己，干吗要吃下去？她把头埋得很低，碗罩住了她大半张脸。她好想把吃下去的鸡屁股再吐出来。

许青和苏强来许正芳家。吃饭的时候，丁小亮从汤碗里捩起鸡屁股放到小曼碗里，说："小馒头最喜欢吃鸡屁股。"大家就笑，小曼看到自己爸妈也在对着她笑，就捩起鸡屁股扔到丁小亮碗里。

饭桌上安静了两秒钟。随后，苏强伸手给了小曼一耳光。小曼放下碗，哭着跑开了。

"不吃饭啦？"许正芳冲她喊。

"不管她，不吃拉倒！"苏强很生气。

小曼跑到小房间一个人待着。隔壁许正芳房间不时传出阵阵说笑声。

　　许青和苏强吃完饭坐了一会儿。临走时，许青隔着小房间的门冲里面说了一声："小曼，我们走了。"没回应，许青就和苏强回去了。

　　小曼一直到睡觉都饿着肚子。第二天醒来，看见枕头边放着一个纸包，打开来是彩色橡皮筋。李一红说："你阿爸买的，临走前从包里拿出来，要我交给你。说有两百根呢！"

　　小曼听了高兴起来，似乎忘了昨天的不快，说等李一红放了学就到楼下去跳橡皮筋。橡皮筋数量足，小曼编了双股的。编好的橡皮筋就跟彩虹似的，她玩了好半天。

　　下午，李一红一回来小曼就跟她下楼去了。她们把橡皮筋的一头绕在较粗的树杆上，另一头套在一个人的腿上，先跳的人跳输后，就换另一个跳。双股的橡皮筋弹力大，韧性足，她俩跳得很欢。

　　从哪儿伸过来一根杆子，用力一挑，把橡皮筋挑断了。小曼和李一红认出干坏事的是这附近的小流氓阿七头，身后还跟了几个小喽啰。

　　"你做啥？"小曼气得大叫。

　　阿七头把橡皮筋揪成一团，丢了句"有种来寻我"，就带着小喽啰扬长而去。

小曼想上去抢，被李一红拦住。"我们抢不过他们的。"李一红说。

小曼急得直跺脚，"橡皮筋没啦！"

李一红想了想，"到楼上再想办法！"就拉着小曼上楼去。

一进门，许萍问："不是去跳橡皮筋的吗？做啥哭丧个脸？"

小曼越发虎着脸，一声不吭。

李一红气呼呼地说："橡皮筋被小流氓抢走了！"

江卫冬几个正在大房间里玩着什么，听到走廊里的说话，出来问道："哪个小流氓抢的？"

"阿七头！还有几个小喽啰。"小曼抢着说。

"阿七头？胆子蛮大！"江卫冬朝两个外甥做了个手势，"走，寻他算账去！"

小曼跟上，"我也去！"

"你小姑娘去做啥？等在房间里就可以了。"江卫冬说着，带着丁小亮和方伟民去了。

没过多久，他们就回来了。"看一看，对吧？"江卫冬把一团橡皮筋扔给小曼。

小曼接到橡皮筋兴奋地问江卫冬："小舅，你是哪能寻到阿七头的？"

"我认得他家的楼，上去直接敲开门，我只问他，'橡皮筋呢？'他就晓得了，马上交了出来。"

"真的？"小曼瞪大眼，然后说，"小舅结棍！"

"当然啦！"江卫冬很得意。

"阿七头讲不敢再抢了。"方伟民说。

江卫冬他们帮忙找回橡皮筋，小曼很感激，可也觉得江卫冬有点怪。从小曼被送来许正芳家起，很多时候江卫冬他们做的事让小曼很反感也很讨厌，然而随着时间慢慢过去，小曼渐渐发现有时候江卫冬他们做的事又不都是让人讨厌和反感，比如橡皮筋事件。后来发生的事情更是如此。

那天，许正芳见小曼老是趴着也不玩，就摸了摸她的额头，发现发烧了，就让她躺到自己床上量体温。

许萍在看温度计时，江卫冬在一旁凑过来问："有三十八度五吗？"

许萍瞪他一眼，"干什么？你巴不得她热度高一点？"

江卫冬冲许萍笑笑，"不是的，三十八度五，医生可以开证明买半个解放瓜，就不用排长队了。"又补一句，"排队排到一半，有可能就卖光了。"

"就你晓得！那也不能为了半个西瓜盼着她热度高一点。真是的！"

江卫冬就辩解道："买来西瓜也是先给小馒头吃嘛！她吃不掉那么多，我们大家也吃一点不好吗？"

小曼想，明明是你自己想吃。

没等许萍说，江卫东马上接着道："哎，要么我来喝热水，赶快去让医生开证明！"

许萍拍他一巴掌，"真没出息！"

"我是想给小馒头吃嘛！"

江卫东这最后一句话，小曼听了有点感动。不知道为什么，就算是他随口说说的，小曼也愿意相信。

小曼有时候想，也许在外婆家待久了，就会和大家相处习惯的。她觉得这里的生活跟原来的完全不同。不管许正芳和许萍是做腊肉，还是做手擀面、腌制咸鸭蛋，或者做酒酿，她都很好奇。小曼可是亲眼目睹许正芳和许萍每天有多忙，却还能做出这么多花样来，而且都很好吃。小曼想起妈妈做的大菜圆子，只要看到它们被搓成皮球大小、很显眼且很稳当地立在玻璃茶盘里，就已经觉得喉咙口堵得慌。煮好后的圆子像吹了气似的胀得厉害，比原先的看着又大了不少，糯米粉里面包满了青菜，她每次都要吃半天。这么想，小曼又于心不忍，毕竟妈妈许青是要上班的。可是，外婆许正芳和姑婆许萍不用去上班，每天却没有一丝一毫的轻松。小曼的心里重重的。

小曼早就听到许正芳和许萍商量过年做馒头的事情。她很兴奋，以前是吃过她们做的馒头的，口味有咸有甜。那时候还太小，具体是什么馅料的，完全没了印象。听许青说过，每年从许正芳家离开的时候，许正芳和许萍会给每家儿女带上满满一小篮子蒸熟的馒头。那些馒头被再次蒸过后，口感越发软糯入味，更加好吃。

小曼盼着快点过年。

上海的冬天很少下雪。偶尔雪花也会从天边飘下来一些，好像只是为了点染一下，提示新年将至，很快又悄无声息地化去，留下湿漉漉的印记，让没有看见的人还以为是下了一场雨。

今年这场雪真大，下了好久还没有停。小曼忍不住打开一扇窗，雪花大大小小的，随意地转两个圈又都朝着一个方向飘走了。原来看出去好大一片砖红的屋顶都齐刷刷戴上了雪白的绒帽，那些看得见的窗沿和楼台也都落上了白雪，像专门贴上的白眉毛和白胡须，存心要哄小孩子开心。小曼伸出手掌来回承接飘飞的雪花，她盼着雪下得再大些才好，那样的话，就可以堆雪人，或者在厚厚的雪地里捉迷藏了。

许正芳没有让小曼赶紧关窗户，她走到小曼的身后看窗外，"有得下呢，蛮大的！"也伸出手去托了一些雪花，"是干雪，烊起来慢。明天会比今天还要冷。"

小曼听了这话，感觉到了寒冷，便关了窗。她哈了口气，气像一团白雾，不一会儿就化掉了。小曼又哈一口，赶紧用冻红的手去抓。

许正芳笑笑，说了一句"什么都好玩"，就去做事了。

天没亮许正芳和许萍起身去买菜。许萍劝许正芳留在家里，说外头雪都冻了，自己去就可以。许正芳不肯，"你一个人走不危险啊，地上打滑呢！"

许萍说："当心一点就是了。"就要走。

"一起去。这么多人吃菜，你一个人怎么拿得了？再说，还要多买一点做馒头的菜。"

"不要紧，我有力气，拎得动。"许萍说。她看许正芳一定要去，就去拿了大方巾要许正芳把头包上。

天大亮后，两人各拎了装满菜的篮子回来。大家也陆续起来，帮着把菜归到厨房间的盆里和台子上。

小曼也帮忙摆放矮脚青菜，"外面还墨墨黑，婆怎么就去买菜了？太冷了！"她对许正芳说。

"就你会说，婆不知道冷啊？六点多就没多少菜了！不早点去，这么多人吃啥？"

小曼觉得自己哪里说错了，声音变得很低，"我们可以吃面疙瘩什么的……"

许萍说："能每天吃啊？营养都没有！"

小曼不再说下去，怕许正芳和许萍又说自己回嘴。她实在不懂，为什么有时候说个话就会被说成是回嘴？

大雪封冻了好些天，江卫冬带着丁小亮和方伟民老是去外面玩，在楼和楼之间跑来跑去，打打闹闹的。小曼和李一红有

两个婆

她们不说话

合眼

闻那海风

一点咸甜

材料：深黄色卡纸 2 张　钢丝球 1 个　素描橡皮 2 块

时候也下去看他们玩，或者她们自己捏雪球，然后看谁扔得远。她俩一般也玩不了多长时间，绒线手套抵挡不住冰雪的寒冷，过不多久，手指头就冻得像胡萝卜，加上原本有冻疮，哈气也很难缓过来。回到楼上后，屋内暖和一些，手又开始发痒。

离过年越来越近，许正芳和许萍备好了做馒头的所有食材，在小年夜前夕开始了制作。全家人都加入其中，发誓要将馒头做好。江卫冬的爸爸是北方人，做面食很在行，可是他还在上班，和面和发面就由许萍做了。江卫冬负责把肉切成块再剁成肉糜，他两手各拿一把刀，虽然力气大，却用的是巧劲，横着剁剁，再竖着剁剁，还时不时地哼哼歌，小曼看着也很想拿过刀来剁一剁。

小曼由李一红带着在一边拣菜。李一红很细心，反复叮嘱小曼不要将还能吃的扔掉。有一种菜，深绿色小叶片扁平肥厚，茎为淡绿色或带些暗红色，小曼不认识，李一红告诉她："是马齿苋。"还指着叶子说："你看，是不是很像马齿？"

小曼也没见过马齿，但她不想显得自己什么都不懂，就点点头含混地"嗯"了一声。

丁小亮抢着刨萝卜丝，许正芳答应了，叮嘱他小心点别弄伤手，刨剩下的小块集中起来她来切。

方伟民急了，嚷嚷着问"我干啥"。许萍就说："你灵活机动，哪里需要，你就帮哪里。听婆的。"于是，他跑前跑后，先是帮许萍拿来了酵母，看许萍把温水倒进面粉里和面，忍不住也想试试，许萍将面揉得有些成团了，就让他揉一小会儿。方伟民揉得很起劲，好半天也不肯放手，许萍就揪下一小块儿来让他玩去。

小曼想，换了是她小曼，肯定不给。不过她也不会说她想要什么。

方伟民揉过大面团后，对这么一小块儿根本不感兴趣，再说也没工夫玩。小面团被放在了灶台上。他不是去拿酱油瓶，就是要把蒸熟后凉了的糯米端到饭桌上，还要帮着把事先做好的豆沙从碗橱里拿出来倒进盆子里……

小曼只是看了看灶台上的小面团，没去碰一下。

许萍将洗好的菜用开水焯一下，凉了后挤掉水分。方伟民说"我也来挤"，就学着许萍的样子做，许萍夸他"蛮像个样子"。丁小亮刨累了，方伟民也说"我来"，就接过去刨。萝卜丝都刨完了，许萍往上面撒上盐，揉搓后把水分滗去。

时间不知不觉就过去了，萝卜丝肉馅、青菜肉馅、糯米肉馅和马齿苋肉馅都已炒好，连同豆沙馅一起放到了桌子和凳子上。除了这么多馅料，床上的被子里还包着两只大锅子，里面是正在发酵的大面团。小曼看了很激动，这是要包多少啊？小曼估计不出还得花多少时间来包，光是准备这些馅料和面发酵就忙活了大半天，更别说有些还是提前就准备了的。馒头还没有开始做，小曼就已经觉得做馒头是一件很不容易的事情。小曼还想到那些洗衣做饭打扫卫生等家务活，这些是许正芳和许萍每天从早到晚都要做的。不管到了多大年纪，过日子没有不辛苦的！小曼想得出神。

许萍打开被子，从锅里拿出一块面团在桌子上反复揉搓，其间频繁地撒一些面粉在面团和桌子上，防止粘连。待面团紧实后，又搓成长条状，再揪成一个个剂子。江卫冬用擀面杖将剂子擀开，许正芳开始包。李一红、丁小亮和方伟民学着包。丁小亮和方伟民包得不像样子，又没耐心学，许正芳就让他俩帮着摆放和打一些下手。许正芳想起一件事，就叫小曼去拿个小碗盛上一点水过来，然后将云片糕的紫红色包装纸撕了泡进去，等水的颜色变紫红后再把包装纸拿出来扔掉。小曼不知道要干吗，只是觉得好玩，很认真地照做。许正芳又让小曼去拿一根筷子来，要她用粗的那一头在紫红色的水里蘸一下，然后在没有褶皱的馒头上点小红点，马齿苋的点一个点，豆沙的点两个点。小曼在心里重复后，点头说"记住了"。她心想，原来是这样啊，以前看到馒头上的小红点，还以为是用印章印上去的。

天黑后，江卫冬爸爸回来了，见大家已经包了一些，赶紧过来揉面。李一红的妈妈许欣和妹妹许青也赶了来，人一多，包得就快。这边包，那边就上锅蒸。馒头蒸好后，许正芳和许萍赶紧让大家先吃，还连说"饿坏了吧"。

萝卜丝的和青菜的都是带褶皱的，青菜的面皮透着微微的深色，萝卜丝的则看不出颜色，糯米的最好认，从没有捏紧的小口上就看得出来，小曼很快就分得一清二楚。她一口气吃了两个，萝卜丝的和青菜的各一个。馒头热乎乎地下肚，小曼的精神头更足了。李一红比小曼多吃了一个，其他人就没法数了，每蒸好一笼，总有人去拿了吃，边吃边说好吃，越吃越有劲。

夜已经深了，第二天就是小年夜。许欣和许青一早还要上班，就拿了些馒头匆匆往家赶。走之前，她们把礼物分给了大家，小曼收到的是许青手工缝制的棉袄罩衫，橘红色底子上面是白色的环形花纹。李一红收到的是红皮鞋。离大年初一还有两三天，小曼把衣服叠平整了放在床上自己的枕头上。李一红时不时地看一眼红皮鞋，之后将它放进了床底的筐里，冬天很冷，红皮鞋得等到开春才能穿。

江卫冬的爸爸过了午夜被许萍催着去睡了，他第二天也要上班。许正芳和许萍带着儿孙接着做馒头。大概是快过年了，大家都很兴奋，一点睡意也没有，许正芳和许萍允许大家不想睡就不睡，困了的话，就躺到床上去。

这一天，包馒头持续了一个通宵，直到小年夜的上午。大家停了手才感觉到困乏，睡意很快袭来，便直接往床上一趴，倒头睡去。

年三十是最热闹的，年夜饭更是一年中最丰盛的。李一红的爸妈和许青来了，苏强没来，整个过年他都要工作。丁小亮和方伟民的爸妈也没有来，他们在外地工作，节假日是要值班的，一般都是借出差来上海探望一下。

年夜饭在许正芳的房间和许萍的大房间各摆了一桌，所有的菜一式两份，大人们在许正芳的房间吃，小孩子由江卫冬带着在大房间吃。不用受大人们的管束，小孩子们都很高兴，在大房间闹闹哄哄的。

相比之下，许正芳的房间就安静多了，只有零星的说话声。成年人的年夜饭总少不了仪式，许正芳和许萍还有江卫冬的爸爸轮流讲了几句，都是祝福的话，许欣和爱人还有许青则是一番感谢的话，然后是一阵柔和的碰杯声，气氛欢快了一些。

吃了一阵子后，大人们不时凑进大房间来看小孩子们吃得怎样。等进来的大人又出去后，丁小亮说："还是我们这边热闹！做大人真没劲，老是摆功架。"大家就笑。

隔壁听到笑声，很快又有大人过来问："是啥好笑的事？"大家听了又笑。

小曼忽然觉得人多也不都是烦人的，像这么热热闹闹的不是蛮开心的嘛！江卫冬偷偷喝了酒，脸有些发红，嘴里絮絮叨叨，有些话颠三倒四的。李一红的爸爸进来得最勤，平时他也是最随和的，大家都不怕他，对他也是越发没大没小。他也不生气，乐呵呵地跟大家打闹玩乐，方伟民说："还是三姨夫有趣。"李一红听了很高兴。

火锅上来了，摆在了最中间。掀开盖子，李一红做的蛋饺金灿灿的，在沸腾中不住地抖动，小曼想起在什么地方见过的被风吹拂的金茶花。火锅里除了蛋饺还配有鱼丸、豆腐、粉丝、腐竹、菌菇、胡萝卜和大白菜等，加上碧绿的小葱点缀，不光好看、好闻，吃起来更是浓郁鲜香。小曼喜欢火锅，吃得很投入，没再去听江卫冬的胡乱絮叨。当然，如果有谁来讲一件有意思的事情，小曼一定会很感兴趣的。小曼并不埋怨谁，因为自己也说不出什么有意思的事情来，总不能把楼下洗染店的大姐姐拿出来说吧？要真这样，他们不笑话她小曼有病才怪。

最后上桌的是一大盘各色馒头，小曼尤其兴奋，夹了一个马齿苋的，先盯着上面的小红点看了看，然后咬下来细细地咀嚼。李一红问她味道好吧？小曼笑着点点头。吃完了马齿苋的，小曼还想吃豆沙的，但肚子很饱了，就跟李一红一人一半，从两个小红点的中间撕开，每半个上都留着一个小红点。

大年夜的鞭炮响起来了，所有的人兴致越来越高。不知道是哪家，竟在楼道里放了起来，江卫冬跑去开了大门，那响声听着就差把楼给炸了，足足持续了几分钟。"起码五百响！"方伟民很有把握地说。小曼和李一红捂着耳朵听，大人们也挤在门口凑热闹。

江卫冬带了俩外甥去窗口放，李一红的爸爸也加入进去，他用抽着的香烟来点炮仗。两百响很快放完了，丁小亮嚷嚷着不过瘾，要到楼底下去放双响。小曼和李一红不敢去，就在楼上看外面放炮仗。许正芳和许萍大声提醒江卫冬他们千万小心，他们一边应着一边迫不及待地下楼去了。

楼外到处闪烁着高高低低、大大小小的火光，响声此起彼伏，震耳欲聋。小曼安静地趴在窗台上。她想起自己是去年夏天住到外婆家来的。那时候每一天都过得好慢。可是，怎么就过年了呢？过完年，又大一岁。时间到底算快，还是慢？

窗台上的两盆葱是外婆和姑婆种的，除了她俩就数我看得最勤了。小葱每天都在长，绿油油的，饱满挺拔。外婆和姑婆对自己种的那一盆都很上心，时而松松土，时而浇点水，看得出她俩对种葱都很在行。等到葱长到半尺来高，我开始纳闷，同样的时间开始种，用的也是同样的土，盆也差不多大，单看没觉得哪里奇怪，可是将它们放到一起，姑婆种的明显要比外婆种的粗壮高大。葱怎么会长得这么像种它的人呢？我暗自好笑。外婆和姑婆也发现了，看看葱，再看看对方，大概也觉得好笑。

葱在长，春天也不知不觉地来了。外婆说我比刚来时长高了一点，我自己却感觉不到。我现在不光去药店买药，上邮局寄信，还时常单独去对过的丹霞一条街买东西，几次下来，我就把所有的店铺都记熟了。每次出门时都会听到一声"小心车子"，或者"不要瞎跑"。

我买好东西走到16号楼口，会习惯性地抬头望一眼厨房的窗口，如果姑婆正看着我，我就赶紧上楼，反之，我会去洗染店的玻璃前看坐在角落的大姐姐织补。每当这个时候，我都会感觉到安静，什么杂七杂八的事都跟我没了关系，有人从店门、楼口进进出出的，说着话，我也不去注意。大姐姐抬头看了我一眼，朝我笑了笑，又低下头织补。我也朝她笑笑，但她没看见，她大概不会想到她的笑容是多么打动我。

我悄悄跟李一红提起大姐姐，甚至还强调她用卡子把长发别在脑后实在太好看了。

李一红听了并不在意，随口说："嗯，是有个女的老坐在那里织补。听人家讲，她是跷脚。"

"什么，跷脚？啥人讲的？"我很惊讶。我断定是别人在瞎讲，我才不信！大姐姐是完美的，我想象她还会跳舞，跳得相当好看。

我奇怪李一红对大姐姐的印象怎么跟我这么不同？是大姐姐还不够美好吗？我又紧逼李一红问，她连说"好好好"。我知道这是在糊弄我。哎！有什么办法，大概没有谁的想法是完全一样的。不一样也没有什么好争的，各自的日子不还是照过？

但终归会有一些意想不到的事情发生。我想不光我震惊，就连平常像温吞水的人也多少会有点反应吧！当我挤进围观人群，居然还有人笃笃悠悠嗑瓜子、戳戳点点的在看热闹。我心里真是难过……

起因是姑婆听到楼下闹哄哄的声音，就去灶披间的窗口看。我和李一红正在桌子上玩抓棋，姑婆看了进来对外婆说："洗染店门口全是人，不知道出了什么事？还有个女的，披头散发的。"

外婆一听，说："出的事不小。"就往灶披间去。

我听了马上紧张起来，忍不住问："女的不会是洗染店的大姐姐吧？"

姑婆看了我一眼，自顾自说："留那么长的头发，也不编起来。"

我心里着急，说一声："我下去看看。"就开了大门往外跑，听到外婆喊："回来，关你啥事！"还有姑婆的声音："这小丫头发神经啦！"我不管了，爬上扶手一路滑了下去。

洗染店前面围着许多人。我用力往里挤，有人嚷嚷："小孩子凑啥热闹？快点走开！"

"啥事情啊？"我问边上的大人。

"不要问，你不懂。"

我挤到最里面，看到大姐姐被几个男女又抓又搋的，大姐姐的手被他们反捆着，有个女人朝着大姐姐上去就是几巴掌，还有人拽她的头发。大姐姐长发散乱，遮住了大半张脸。我惊讶地张大嘴，望着她，喉咙口好像被什么东西堵着，发不出声来。

一个男的小青年，十五六岁，看上去流里流气的，带着坏笑说：“没想到跷脚也这副样子。”

"什么这副样子！你不要瞎讲！"我听了很气，也不晓得哪来的胆子，竟数落他。

他朝我摆出功架，骂我："小赤佬，你懂个屁！"没等我反应，他指着大姐姐又说了一句什么，我没听清，应该也不是好话。看我发愣，他又大声重复了一遍。

这回我听清楚了，他说大姐姐搞"浮花"。我不懂他这话的意思，把大姐姐比作一朵花我没意见，为什么要说她是"浮花"？她哪里"浮"了？我眼前尽是她安静地坐在洗染店角落织补的样子。

我恨恨地望着那些欺负大姐姐的人。一个男人揪着她的长发往后拽，她的头被抬了起来，我从她披散在额前的乱发中看到了她的眼睛。还是安静的眼神，好像这一切都跟她毫无关系。她的嘴角微微上扬，无声地嘲笑着欺负她的男男女女。

我看着她，她也看到了我，我们对视着，周围的人仿佛是些不相干的只会移动的影子。男人放开了她的头发，她的头重重地垂下。男人就势狠狠踢她一脚，大姐姐倒地，又试图起身，她有一条腿非常吃力，明显使不上劲。周围有人笑话她，说难听恶毒的话。大姐姐能招惹谁，为什么要这么对她？我看到地上有块半大的石头，想象着它被狠狠扔到那些个男女脑瓜子上的情景……我蹲下身捡起石头，紧紧地攥在手里。

有人拉了我一下，我转过头，是李一红。

"你跑到人堆里来做啥？不危险啊？婆她们让你快上去！"

我从没见过李一红这么凶。姑婆应该正在楼上盯着我，我没抬头去看。我向大姐姐望去。

李一红用力把我拽出了人群。进了楼，我将石头狠狠地扔出去，石头撞到墙上再弹到地面，又在楼梯上滚了一阵子才停歇下来，硬邦邦的声音加上回声，听起来像有很多石头砸过来似的。

"发神经啦！"李一红吼我。

"那些人为什么那样子打人，凭啥？"楼道里全是我的声音，好像有许多个我在一起喊。

李一红说："我哪里晓得！他们跟你又不搭界，你一个小孩子凑什么热闹！"

听李一红这么说，我蒙了，再没话可说。哎！都说小孩子不懂得大人的心，其实小孩子有时候也不大能懂小孩子，更别提有多少大人能懂一点小孩子了。

不出所料，我被两个婆大骂一顿，姑婆还挥着尺条子吓唬我。我当时很生气，当然我生不生气也不会有谁在乎。过了好些天，婆才允许我和李一红一起到楼下玩一会儿，我一个人是不让下去的。

自从发生那件事后，我就再也没见过大姐姐。每次和李一红下楼，我都会到洗染店的大玻璃前看上一眼。那个位置空荡荡的，好像大姐姐根本就没有坐在那里织补过，台子还在，却看不出她曾在那儿坐过的任何痕迹。人离开了就是这个样子？我感觉周围突然变得空旷起来，人和物都忽然不见了，我干巴巴地站着，而那些吵吵嚷嚷的声音和夹杂着的自行车铃声却在我的四周盘旋，听着像是被雨水淋透之后，湿漉漉地黏成的一片……

对于外婆和姑婆的训斥，过了些天再想想，就不生气了，更没有再往心里去。我想，那天她们之所以骂我，也是因为她们担心我，毕竟大人是要管好小孩的。

外婆的葱剪掉一些又很快长起来，真是神奇！我时常到窗口看一看，然后向外婆和姑婆报告。

不晓得为什么，这些日子里，她们都不怎么关心葱了。

李一红的妈妈、也就是我的三姨妈下班后来了外婆家。李一红看上去不怎么高兴，她姆妈都没像往常那样跟她说这说那的。晚饭后外婆还是照例烧了桂圆红枣汤给三姨妈喝。当着我们小孩的面大人们说的也不过就是一些家常话，可我总觉得哪里不对，她们好像心里有事，还偷偷背着我们商量什么。我听不到她们讲的话，就算听到我也不懂。我走来走去的耳边飘进几句，"我去看过了，头发长得老长。""问问老张？""过两天准备一下。"

三姨妈当晚住在了外婆家，睡在外婆的脚头。我悄悄问李一红："你姆妈怎么没回去？从这里上班路不是远嘛？"

李一红很不耐烦，"你问我，我问啥人去？"就翻过身，不理我了。

不晓得为啥，夜晚越安静就越让人不安。没发生什么，又好像发生了什么，再不然，是有啥事要发生？大人有自己的心事，就顾不上小孩子会受到什么影响，当然更不会顾及小孩子们也是会想来想去睡不着的。早晨起来，我肿着大眼泡，没啥人注意到。我看着大家照常做事，表情上看不出哪里不对，就在心里说，还好，本来就没什么事嘛！

李一红、丁小亮和方伟民是同岁，按月份丁小亮最大，方伟民第二，李一红最小。三个人还是同班同学。对于他们在学校里的表现，两个婆倒是看法一致，都认为最懂事最省心的是李一红。丁小亮和方伟民对李一红比较抵触，他俩在学校犯了什么事回来被婆骂，想都不用想，一定是李一红告的状。李一红也没办法，老师让她带话给家长，她能不说吗？通常都是外婆骂丁小亮，姑婆骂方伟民，如果他俩情节严重一点，还要挨几下巴掌。

这不，他俩又犯事了。李一红放学回来照例跟两个婆说了老师吩咐她的话，两个婆立刻虎起脸对着大门口。丁小亮和方伟民进来，神情紧张，大概已经预料到了。

没想到两个婆上去就是几巴掌，"叫你皮！一次一次关照你，还当耳旁风！""丢不丢脸啊！""不听话！"

丁小亮和方伟民开始有点蒙，然后哇哇大哭，丁小亮哭得尤其响。

我把李一红拉到一边，"怎么一上来就打？你蛮好不要说的，又不是什么大事。"

李一红似乎有些后悔，但还是说："我有什么办法！明天老师问我，我怎么说？"

是啊，李一红不得不说。好在外婆和姑婆对他们两个打了几下也就住手了。看得出外婆还是心疼的，拿了毛巾给丁小亮和方伟民擦了一把脸，"不哭了，以后在学校乖一点。"然后，从五斗橱里拿了吃的分给大家。外婆在拿的时候，脸上挂着愁容，还隐隐地叹了一口气。外婆一定是有什么犯愁的事，应该跟丁小亮他们在学校捣蛋没什么关系。会是啥事呢？李一红的姆妈住了几天后又回去了。真有什么事最好能快点过去。

晚上我睡得很沉。下半夜，有只脚不停地踢我，但并不狠，我还没有完全醒过来，迷迷糊糊中还有一只大胖手掌在拍我，"先起来，到床上去。"

我勉强睁开眼，第一次发现二十五支光的灯泡是这么刺眼。房门开着，走廊里还站着三个外人。我还没醒透，对着走廊上的人喊了一句："'乌龟'来了！"那三个人听了互相看看，然后盯着我。

外婆冲过来，不由分说，啪啪给了我两下，"尽胡说！做梦还没醒？那只乌龟早死了，哪里来的乌龟？"

我大哭，"乌龟"不是明明就站在走廊里？不过我也因此彻底醒了，乌龟是绰号，我居然当面叫了出来。

外婆怕我再说，就吓唬道："再说，再掌嘴！"

看到外婆那么瞪着我，我赶紧点头，表示不会再乱说了。

姑婆也说："不许胡说！"然后把被子叠好堆在我和李一红面前。

那个身穿藏青色两用衫、眼睛像两粒小瓜子的女的就是"乌龟"，我们都很讨厌她。说起来她还是我们同楼的邻居，住四楼，她家房间正好在我外婆房间的下面。我们家小孩多，外婆总是叮嘱我们走路要轻，我们在房间里都是不穿拖鞋的。可是，只要有一点声音，或者不小心凳子倒了一下，她立马就会用顶蚊杖使劲地一下一下地顶她的天花板，也就是我们的地板。听外婆说，"乌龟"还一天到晚地去居委会说我们家的坏话。

大概是听到了这边的动静，姑爷爷、江卫冬他们都开了房门出来，估计看到"乌龟"带着两个人站在走廊，立刻觉出不是什么好事，我听到姑爷爷厉声问"这是要干吗"。姑婆一定担心什么，赶紧说"没什么事，就是要问几句话"，要他们接着睡，江卫冬想说什么，姑婆不让，把他推进房内，很快把大房间和小房间的房门都关上了。

"乌龟"进屋后，要外婆把五斗橱锁着的半边门打开。随后她竟将外婆放钱的袋子拿出来，并拉开拉链。我震惊了，那可是全家老小过日子的钱啊！难道她带着人是来抢钱的？我真想把枕头扔到她脑袋上。

"乌龟"拿出钱看了看，又交还给外婆，"钱你自己拿好。"她说。然后和另外两人在五斗橱的柜子里和抽屉里翻来翻去，也不知道除了钱还有什么好找的。接着又去翻被具箱，那里面除了被子铺盖，难不成还有什么宝贝？折腾了一阵后，没发现他们要找的东西，三个人只好走了。

外婆和姑婆坐下来，没说话。姑爷爷也过来坐下，没说什么。

江卫冬说道："'乌龟'胆子蛮大，跑到楼上来了！要不是姆妈朝我使眼色，我非把她赶出去不可！"

丁小亮揉了揉眼睛，"深更半夜，'乌龟'不睡觉，还不让别人睡。她到底来做啥？"

"谁晓得，有毛病！"姑婆说，然后要大家睡觉。

"没什么事，都去睡吧！"外婆也催促大家快去睡，和姑婆重新铺地铺。

"明朝我请'乌龟'吃弹弓。"丁小亮回房睡觉时说。

"不许惹事！"外婆赶紧制止。

怎么会这样？我虽然还没读书，但五斗橱上钟的时间我还是看得懂的，我在被子后面看到的是半夜一点多钟。"乌龟"精神蛮好，这么晚跑到别人屋里来，不让人睡觉，随便就翻人家东西。太讨厌了！还好，外婆的钱没被他们抢走，不然我们饭都没得吃了。这个"乌龟"（另外两个不认得，应该跟"乌龟"差不多），别说丁小亮，我都想用弹弓朝她的脑袋上使劲弹几下。

外婆和姑婆每天买菜做饭，操持家务，从早忙到晚，哪还有做其他事情的时间！难道是不睡觉偷偷摸摸去做了啥？反正我没看见。我想起前些日子三姨妈来住了几天，大人们好像都有心事，或许真有什么事？哎，有些事只有等长大了才能懂吧？好在这事过后，"乌龟"再也没来找我们家的麻烦，至于她的脑袋有没有吃弹弓，我就不知道了。

这件事慢慢地淡去，日子还是像往常那么过，至少在我看来是这样。外婆时不时地叫我下楼买点什么，我从来都没搞错过，也没有打翻过什么东西，外婆对我还是放心的。我喜欢到对过的丹霞一条街去。紧靠丹霞大饭店旁边有一个粮油店，买油最好玩，都不用到秤上秤，落地的大油桶上架着抽油的把手，往下压到底正好是半斤，如果买一斤，就再将把手往上拉到顶，一下一上，正好一斤。每次买油我都很想亲手操作一番。要是买甜面酱或豆瓣酱，就带个小碗，营业员会用勺子舀一勺或两勺到碗里。碰巧丹霞大饭店的旁门开着，有人进进出出非常忙碌，我会告诉外婆，今天有年糕卖。如果外婆说要买，我吃完了午饭就先去排队，一般到下午两点才正式开卖。每到这个时候，很多男青年会一拥而上挤到最前面，而排着队的人都只能眼睁睁地看着他们插队。江卫冬下课赶来，我才算完成任务。他块头大，拿个十斤没问题。买了年糕，当天晚上会吃菜汤年糕，其他的都要切成片，摊在筐箩里吹几天，等干了就储存起来，想吃的时候在平底锅上用微火烤。烤年糕片都是江卫冬的活，他做起来很有章法，为了不要烤坏，只能用微火，每一片还要勤翻动着点，需要的时间也长，他就同时用两三只平底锅来烤。每次烤年糕片，他在煤气灶前一坐就是几个小时，胖胖的身体都不怎么动弹，换了是我，早就溜走了。等到终于烤完，江卫冬在酱油里加入绵白糖，调匀后，淋在烤好的年糕片上，最后炒干收汁。年糕片吃起来嘎嘣脆，咸中带甜。

我发现对过饭店又要卖年糕了，就跟外婆说，外婆在炒菜，大概没听到。我又去跟姑婆说，姑婆正在搓板上用力搓洗衣服，她停住手，过了一歇歇，说："年糕有什么吃头，不买了。"又接着洗。薄薄的搓板还蛮能承受的，姑婆一下一下地用力搓洗，它也就一下一下地向下弯，松手之际又回到了原样，怎么都不会断裂。

不买就不买吧，我也不用排队了。我拿出描写簿，准备描数字。窗外阳光不那么耀眼，有一朵云看着很像坐着的猫，一动不动的。我描完了一页，它竟往西移动了一些，从原先的"坐"姿变成了"跑动"的样子。跑吧，撒开了腿跑！在天空上奔跑一定很痛快！没有人会叫停你，跑到跑不动为止！这种感觉该怎么形容呢？也许像姑爷爷喝高后的那种痛快劲？也许根本就不像。

姑爷爷没去上班，也没看书，我以为他哪里不舒服，就对他说："姑爷爷有什么要拿的东西喊我好了。"姑爷爷没搭腔，只是朝我点点头。

我听到姑婆跟外婆小声说，姑爷爷的工资改为全家每人每月15元生活费。我不知道姑爷爷一个月拿多少钱，看姑婆的表情，难道是少了？外婆说："不少了，还有我们这一大家子呢，怕什么！"

姑爷爷平时话就少，这整天待在家里几乎不说话，姑婆有事没事跟他说点什么，他也不搭理，姑婆急了，有时朝他嚷，他就跟姑婆吵。我搞不懂他们怎么就吵起来了？不过我倒没觉得这有什么，吵就吵吧，这一天天的不是这个事就是那个事的，吵吵闹闹也没怎么断过。

没想到姑婆家要搬场了。我实在想不明白，这家怎么说搬就搬呢？也许大人们早就知道了，只是瞒着我们小人。到了要搬的时候，我们才会觉得突然，就像我住到外婆家来一样。

讲得准确一点，是姑爷爷搬家。单位说公家房子紧张，要将现在姑婆家的大房间和小房间腾出来，另外又分配了一间底楼的房间，就在对过丹霞一条街后面的丹霞六村。大概是考虑到生活方面的琐事，大人们决定暂时先让姑爷爷搬过去住。

很快，江卫冬找来几个小哥们，又问居委会借了黄鱼车，一天就把东西搬好了。姑爷爷住过去后，每天的饭菜由江卫冬或者丁小亮和方伟民一起去给姑爷爷送。

姑婆还是爱从灶披间的窗口往下看。我玩了上来，她训斥我："你好好走路就是了，为啥要像个老头子弓着身子一步一挪的？"

我呆住了，答不上来。

"不学好！哪个小孩子是这么走路的？"

我还是不懂。

"不听是吧？尺条子呢？"说着就要进大房间去拿。刚到门口，才想起里面是空的，就转身进了外婆的房间。不晓得是忘了尺条子放哪儿了，还是只为了要吓唬我，最后也没拿我怎样。

我终于想起来了，我是弓着背来着。我一个人实在没什么可玩的，看见自己的影子竖着躺在了我面前，我往前它也往前。我就一步一步踩着它，不让它溜走。影子蛮好玩的，有时候在我身后像个跟屁虫，有时候又跟我并排，我知道这都是太阳在我周围照来照去的缘故。太阳正对着我头顶心的时候，不晓得影子是不见了，还是和我重叠了？要是重叠了的话，它看不看得到我，我不知道，我是看不到它的。

我没有去跟姑婆解释。我怕姑婆没工夫听，还说我回嘴。

姑爷爷搬走后，大房间和小房间也就空出来了。我很喜欢进空房间里玩，虽然在大人看来有什么好玩的。我最喜欢在里面跑来跑去。房间空荡荡的，一下子宽敞了好多。我跑的时候很小心，万一楼下的人上来告状，就没我好果子吃了。我还在里面跳舞，虽然都是瞎跳，又是背着婆的，却很开心。

姑婆带着江卫冬和我们一起在外婆的房间里吃住。七个人挤一间房，一下子拥挤起来，特别是晚上睡觉。姑婆就跟公家商量，在新住户搬进来之前，允许我们在空房间里打地铺睡觉，公家马上就同意了。江卫冬他们就在大房间打地铺，我和李一红原先是睡在外婆房间的，我们也趁机要求睡小房间，外婆点头同意，姑婆说："去睡吧，也没有几天好睡。"

我和李一红在地铺上打打闹闹，关了灯故意讲一些瞎编的鬼故事，还趁着大房间吵吵嚷嚷的时候轻轻唱歌，不管声音多轻，都有回音，听上去饱满柔和。

"不睡觉啦！"姑婆喊了一声。大房间和小房间顿时安静下来。

躺在空荡荡的小房间里，我发现小房间其实一点都不小。

"好日子"没持续多久，新住户就前后脚搬了进来。501室变得不是一点点拥挤。搬进大房间的是一对中年夫妇，都姓张，在同一所大学任教，我们统一称呼他们张老师。他们有两个女儿，一个上初中，一个上小学，叫小琴和小玲，都在张老师所在大学的子弟学校念书。张老师夫妇上下班，两个女儿就跟着一起出门和回家。搬进小房间的是年纪大一些的夫妇，我们全家管他们叫大爷和大妈。他们有两个儿子，一个高中生，一个初中生，是大弟和小弟。大爷是长途卡车司机，常年运货，十天半月都不回家。

　　我们和两家新邻居很快就熟了。张老师夫妇带着女儿们出门上班或下班回来，我们都会打个招呼："上班去啊？张老师。""回来了？张老师。"他们就应道："是啊！走了，许家姆妈。"或者："回来了。在忙啊？许家姆妈。"有什么事要跟他们其中一个人讲，就会说："小玲姆妈（阿爸），我问你个事。"外婆和姑婆总是要我们在两家邻居回来之前洗好澡，免得到时厕所间拥挤。邻居们下班回来，互相打完招呼后，外婆或姑婆都会加一句，"我们都洗过澡了，厕所间你们用吧！"张老师夫妇为此很感动，休息日炸龙虾片，给我们家送了一大盆，还给大妈家也送了许多，自己反而留不了多少。外婆也时常盛了新做的菜，请两家邻居尝尝。

　　我们和搬进来的两家人家虽说是邻居，处得却像亲戚一般。有天，小玲阿爸急着对外婆和姑婆说，小玲姆妈胆囊炎犯了，打了电话叫救命车，对方说车子已经派出去接重病人，暂时来不了。他问外婆和姑婆有什么办法可以送医院。

姑婆马上说："我去借黄鱼车。"

小玲阿爸说"我也去"，就跟着姑婆去了。

外婆赶紧到大房间看护小玲姆妈，大妈也进去陪着。小玲姆妈疼得在地板上打滚，不时喊："痛死了！痛死了！不想活了！不如死掉！"她痛得不得了啊，我想。可是究竟多少痛，怎么个痛法，我完全体会不到，更没办法帮到她。我只好眼睁睁地望着她，心里干着急，拳头攥得紧紧的，手心里全是汗。

不多久车借来了，姑婆还找了两个男的来帮忙，将小玲姆妈抬到车上送往医院。

这件事后，张老师一家跟我们更好了。

我连着几个晚上躺在地铺上，耳边不时有小玲姆妈的喊声。她痛得想死，可是，真要死了，就什么也不晓得，也不会想起她的爱人张老师，还有小琴和小玲了吧？可是这些家人会很难过，会想念她！这从小玲阿爸急着要送小玲姆妈去医院就能看出来。我想起 10 号姆妈，她的爱人"不在了"后，她心里也是很难过的吧！虽然提到的时候，她看起来还好。

好在一段时间后张老师的病好了，大家都松了一口气。

比起和张老师一家人，我和大妈相处的时间更多些。大妈整天在家，我喜欢进她房间玩。婆叫我不要老是去烦大妈，大妈就说："有什么烦的？"然后对着我，"跟在自己家一样,是吧？"

我听了很高兴，进得更勤了。

大妈从来没有对我不耐烦过。小房间有个凹进去的小壁橱，外面用布帘子挡着。我问大妈里面放了什么，大妈笑笑，示意我自己看。我就掀开一点看来看去。原先小房间还是姑婆家的时候，壁橱上方的隔板上放的是棉被，下面放的是江卫冬和丁小亮他们的杆子、球之类，现在上上下下放的都是些盆盆罐罐的杂物。真的很不一样呢！大概是房间不够大，大妈一家四口搬进来，加上那么多东西，显得拥挤了许多，但还是比现在外婆的房间要宽敞些。

大妈是山东人，操一口山东话，我们就都跟她说普通话。她的个头比两个婆都要高，身体也健壮，但行动看着不太方便。问题就出在她那双脚上。大妈从小被裹了脚，就是缠足。看她走路时身子跟着摇晃，我真怕她摔倒，老想过去扶她一把。不过看到她脸上笑呵呵的表情，就晓得担心是多余的，大妈都这么走了几十年，步子其实是很稳当的。她看到我对她的脚好奇，就坐下来抱起一只脚搁到另一条腿上，让我看个究竟。我看到大妈的四个脚趾连带部分脚背都折到了脚底板下，走路时就这么踩着。

这该有多疼啊！我浑身一阵酸麻，忍不住叫道："干吗要这样？大妈！"

也许是过去得太久，大妈笑笑说："现在一点不疼，习惯了。"

看我还盯着她的脚，又说，"我们那个时候，就兴这个。裹得越小越好看，叫三寸金莲。女孩子稍微大一点都要裹。"

"用啥裹？"

"布条，有几丈长。"大妈两手臂横向展了展。

"不疼死啦？"

"疼啊！刚开始缠，一般都会缠出血来。真是受罪！"看我害怕，大妈连忙说，"早就不缠了。那都是老皇历了！"

我突然想，幸亏姑婆跟着外婆出来了，不然会不会也得缠足？姑婆要是有双大妈这样的小脚，想想都觉得可怕！

大妈的小脚给我的印象太深了，就像外婆的肚皮。大概是因为肠胃不太好，天一凉外婆就用热水袋捂着睡觉，或许是捂的时间太长，肚子上的皮肤都变成了深褐色。我好想提醒她水别冲得太烫了，又怕她不高兴。我偷偷想，外婆肚皮的颜色大概回不去了，就像大妈的小脚。真遗憾，但也只能这样了吧！洗脸的时候，外婆让我们先洗，我总是在很前面就被叫到。水好烫，想到还有别人要洗，我不能加冷水，还要洗得快一点，就只好揪起毛巾的一角，两手轮替着，使劲将毛巾吹凉一点。这时候我老是想到外婆的肚皮。

我们住的房间就只有外婆这一间，白天能凑合，晚上就比较挤，好在婆安排得还比较好。丁小亮睡到外婆脚头，江卫冬和姑婆一张床。江卫冬和姑婆都有点胖，床只有一米五宽，姑婆有时拿脚踹江卫冬，"往里去点，我要摔下去了！"

丁小亮和江卫冬睡床上，我和李一红暗暗高兴。婆也是怕他们搞事，给隔开了。地铺上多了一个方伟民。三个人横着躺下，还算有点富余。我靠五斗橱睡，李一红在中间，方伟民靠着姑婆的床。如果李一红的妈妈偶尔来过夜，饭桌就往一边拉，江卫冬横着睡到我们的脚头，半个身子伸到桌子肚下。他没睡着时，手闲不住，老爱抓着方伟民的脚底板挠。方伟民很烦他，又忍不住笑个不停，别提有多惨了！丁小亮偏偏跟着闹，一边笑一边叫："啊呀，痒死我啦！痒死我啦！"搞得别人好像也被挠了，无奈地笑个不停。

总算安静下来，二十五支光的灯泡也灭掉了。有人很快睡着，发出轻微的鼾声，好像是方伟民；还没睡着的，在床上床下不时地会翻一下身。靠近房门口，晚上放上了马桶，还临时拉了布帘，婆怕我们起夜开门关门的吵到邻居。婆一早起来买菜都是轻手轻脚的，我们一般不会醒。

江卫冬他们和大弟小弟很快玩到了一起，有时候斗蟋蟀，我和李一红也会在一旁观战。蟋蟀很好斗，尾须被细细的小草撩拨后立刻就想和对手拼搏，不过它们还是很有章法的，并不马上进攻，而是做出进攻的架势，发出叫声吓唬对方，翅膀还不住地扇动，在对峙中试探对手实力。交战中不晓得是紧张还是用力过猛，蟋蟀常常会从罐子里蹦出来，蟋蟀的主人就会很快用手掌罩住，再小心地放回罐子里。依我看，个头大的赢面就大，当然也有个头小但很凶猛的。

李一红偷偷问我："你不怕蟋蟀啊？"

我说："光是看看还好，抓不敢。"

她冲我笑笑，说"我也是"。

看来李一红的胆子也不见得比我大，大概是我过于暴露，或者太大惊小怪，他们才要吓我。我应该学学李一红，但我也知道我不是她，学不会的。也许我的胆子确实比以前大了一些，敢在一旁看他们斗蟋蟀，没表示出害怕，他们也就不来吓唬我了。

在外婆家住了快一年，我已经习惯了这里的生活。501室每天都有不少人进进出出的，而我常常是一个人下楼去买个东西或者玩一会儿，蛮自由自在的。

过了夏天，就该上学了。对于上学我还是很期待的，我想象和一帮同岁的小孩坐在一个课堂上，课下还会和谁结为好友，就觉得有意思。还能像李一红那样，偶尔有同学在楼下喊"李一红"，李一红听到后兴奋地把头伸到窗外应一声，再告诉婆有同学叫，然后赶紧跑下楼去。

说来也巧，张老师和大妈两家这个暑期都带着孩子出门去了。也许不是什么巧合，他们原本可能就是这么过暑假的。张老师一家说是回东北父母家。大妈则带着大弟和小弟回山东的老家日照。说起老家，大妈一脸骄傲，说日照是太阳最先照耀的地方。我听了就想，那里一定很美！

外婆最小的孩子、也是她唯一的儿子我的亲舅舅，结婚几年，最近有了一个女儿。为方便照顾，外婆去了厦门，在我舅舅家住一段时间。李一红的姆妈要去下干校，不能经常回来看李一红，就趁着这段时间，把李一红接回去小住。

这天，江卫冬和丁小亮准备去游泳，要方伟民一起去，方伟民说："昨天小腿划破了，伤口还没好，不去了。"

丁小亮说了句"真没劲"，跟着江卫冬走了。

501室剩下姑婆、方伟民和我，一下子清静下来。若在平时的白天，大妈家的门是一直开着的；张老师一家回来后，房门也习惯开着。而现在大房间和小房间的门都一律紧闭，像两堵墙，割断了姑婆和它们之间的联结。小小的走廊白天也昏暗了许多，显得更加狭窄。

姑婆看起来很不适应，人懒懒的，没去洗衣服，也不理方伟民和我。她的手臂搭在房间的窗台上，好像不是在看外面，而是在想着什么。方伟民看上去很无聊，在房间里走来走去。我对着姑婆的后背说："婆，我到楼下玩一歇。"大约两三秒后，听到一声"嗯"。

到了楼下，也没什么好玩的。一对青年男女坐在绿化带的边沿吃零食。大楼到绿化带的空地上铺的全是大方砖头，我就在上面跳格子。一阵风将一张包过零食的牛皮纸吹到我脚下，我捡起来，跑到楼口。楼口的两扇大门全都敞开着，紧贴着墙，门的上半部是玻璃的，我个子小，举着手臂将牛皮纸铺在玻璃上反复抹，想让它平整一点。

不远处传来青年男女的笑声，我扭头看，就是刚才坐着的那对。我转回头，不去理他们，仍旧抹纸头。我想用它折一只漂亮的贡多拉小船。

哪里想得到，方伟民正好下楼，还剩最后一小段楼梯时，看到我大吼起来：“你舔鱼皮花生纸头！”

我吃惊地看向他，愣了一会儿，然后看一眼牛皮纸，大声说：“我没有！”

方伟民瞪着我说：“我去告诉婆！”就转身上楼去。

我好郁闷，看着手里的牛皮纸，不过是想拿它来折一只贡多拉，为什么竟变成我舔牛皮纸了？我狠狠地将牛皮纸用力拧成团扔了出去，看着它成了一团垃圾。

很快方伟民又下来了，气势汹汹地对着我，“婆叫你上去！”

我预感要倒霉了，心里憋屈加害怕，上楼梯时，眼泪差点落下来，但我忍住了，我又没舔牛皮纸，凭什么要诬赖我！我恨恨地对着方伟民的后背。

501 室的大门开着，姑婆沉着脸站在小房间前看着我。我想抬头挺胸，理直气壮地走进去，可我做不到，我真恨自己！

我浑身僵硬，难受得要命，又没做错事，却还是胆怯地低着头，不敢看姑婆。

姑婆让方伟民关上大门。方伟民关好后站到姑婆旁边，就等姑婆一句"拿尺条子来"，赶着进去拿。姑婆没说话，我紧张得快窒息了。突然一阵巴掌落到我身上，我先是发蒙，随后疼痛难忍，就用手臂护着身子大哭起来。

"叫你舔，叫你舔！要不要脸啊？"姑婆边打边骂，还使劲捏我的脸。

"我没有！我没有！"我使出全身的力气大喊。我完全没想到我会喊得这么响，都快把嗓子喊破。

方伟民在旁边指着我，"我明明看见了，还抵赖！"

"我没有！你胡说！"明知打不过，但我还是挥起手臂朝他打过去。

方伟民一闪，然后一巴掌打到我头上，我趔趄了一下，差点摔倒。

"不认错，还想打人？"姑婆又是几巴掌。

"我没有！"我还是喊。

"再回嘴！"巴掌接着落下。

我开始还感到钻心的疼，后来除了麻，就不觉得疼了，再后来，连麻也不觉得了……我的眼前迸发出金色的光点，非常耀眼，我感觉整个人也跟着闪烁起来，脑子里冒出很多奇奇怪怪的东西。当金灿灿的光点慢慢消退，我真想把我的目光收缩进身体里。我看见身上浮出好多红色的斑块，很像一片片的花瓣，仿佛是微风吹过，温柔地飘落到了我的身上。我轻轻碰了碰，疼痛又一丝丝地袭来。我想起小玲姆妈胆囊炎发作时痛得在地上打滚，还有毛豆子的挨打，大概也跟我现在的痛差不多吧！我也算晓得了啥叫痛得不得了！我想不通，又没做啥坏事，为啥要受这种苦？我没人好讲，也不想再讲什么。

姑婆大概是打累了，停了手，进房间坐下，呼哧呼哧地喘着气。

我蜷缩到两个大床呈 T 字形的空当处，头埋进臂弯里伏在膝盖上。走路声和说话声就像无声手枪的子弹，打出去后，被消音器消掉了，连江卫冬和丁小亮回来我都一概不知。

吃饭的时候，丁小亮碰了碰我，说："吃饭了，馒头。"

我很疼，但没吭声，也没抬头，只是摇了摇头。

"不吃拉倒，我们吃！"显然姑婆还在气头上。她究竟有多大的气要撒？为什么要这么对我？不相信我？这么打我是为了我好？我不停地想来想去。难道是我时常"回嘴"，让大人看到就嫌鄙？

有一回，丁小亮拿了五斗橱里的东西吃，外婆进来，他就对外婆说我小曼私自拿东西吃。外婆大概正烦着，抬手就给了我一巴掌。我一边捂着脸哭，一边喊："我没拿！他瞎说！他自

103

己偷吃！"外婆反手又是一巴掌，"还回嘴！"丁小亮在一旁偷笑。

大人们都希望小孩子听话，不要回嘴，这我懂。我根本没有想要回嘴，我只是不想认下没做过的事。两个婆都不太喜欢女孩子，不过她们倒是一直夸李一红懂事。我知道我不如李一红，她就没挨过打。不晓得李一红有没有被冤枉过？

我感觉有一只温柔的手轻轻地抚摸我的后背，给我安慰。

"小曼。"有个声音叫我，就在我耳边。

是谁？李一红还没回来，再说她只叫我馒头。这声"小曼"像止痛片，缓解了我身心的疼痛。是幻觉？我知道身边没别人。我真想有人这么叫我，宽慰我，懂我的感受。

夜晚，我独自躺在地铺上，想着白天发生的事，怎么也睡不着。

外婆的床上睡着丁小亮和江卫冬，他俩先是打闹一番，被姑婆呵斥后安静下来，很快睡着了。方伟民睡在姑婆的脚头，我听到他翻了几次身，然后传出鼾声。姑婆没有动静，睡没睡着就不晓得了。

我想象自己正躺在露天空旷之地，面对的是群星闪烁的夜空，心里才有了一些轻松和安宁。我脑子里冒出好些念头来，我怎么会是我？而不是李一红或者三妹？偏偏我就是个倒霉蛋，毛豆子也算。应该还有别的倒霉蛋吧？只是我不知道是谁、在哪里罢了！我为什么会在这里？而不是在别的地方？既然被生

手捧玫瑰花的杨

回得去　到得了

你我知

会有好事

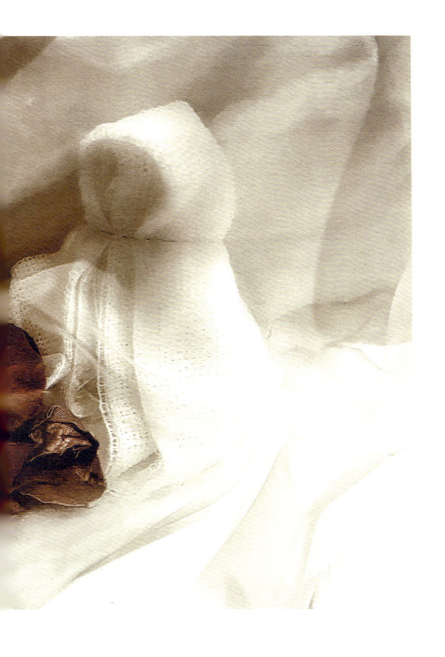

材料：脱脂棉若干　白纱1条　小毛巾1块　细线1根　杂色碎布若干

出来，总要有一个地方待，而待在哪里会是不一样吗？哎！只要是倒霉蛋，在啥地方都会倒霉。我望着星星，它们小小的，发着各自的那一点点光，但好在它们并不算少，闪闪烁烁的，把整个夜空都给照亮了。

"我跟你一样痛。"还是那个叫我"小曼"的声音，我听得出来。这句话让我感觉我们之间离得很近。

我心里激动，问："你晓得我是小曼，我也不觉得你陌生，可是你叫什么？"

"你想想。"对方没有直接告诉我。

"总不会也叫小曼吧？"我随口说道，我怎么会知道呢！

没想到她很爽快，"猜的有点对。"

"什么？"我惊讶。

不管我怎么问，她都不告诉我。奇怪的是，我竟然想起在10号姆妈的小房间里看到过的那本没头没尾的"书"。记得我认出了那上面印的"曼"字，但10号姆妈说，要前后四个字连起来念才行，那四个字是"沙拉曼达"，据说是树的名字。我问10号姆妈是啥树，她说她也不知道是什么树，还说要打听一下。后来她看到我的时候都没有再提起，估计是她没有打听出来吧。是什么样的树呢？我很好奇，我把它的名字牢牢地记住了。我忽然想到杨树，我很欢喜它那挺拔高昂的样子。它会不会和"沙拉曼达"有什么联系？我说不出个所以然。我在心里反反复复地念着"沙拉曼达"。我突然明白了，原来10号姆妈的"书"是一本密码本，现在就是解密的时候。我心跳加快，"我晓得了，你叫沙拉曼达杨！"我说出这个名字的时候，心情激动，好像它埋伏在我心里已经很久，听上去明亮又特别。不会有第二个人叫这个名字了，我兴奋地想。

"嗯。"她回答得很简单。

我马上又说："那我叫你'杨'？"

"好啊！"她还很爽快。

"我俩啥都可以说，对吧？"

"对。"杨没说别的，我却觉得和她心意相通。

已是深夜，我还是没有睡意。但是，那难受的感觉，渐渐淡去了一些。翻身时我感觉到了疼痛，想到杨晓得我的痛，心里就好过一些。痛就痛吧！还能把我怎样？我不想一直想着它。

"什么时候才能长大？"我问。

"应该还有好多年吧！"

"太慢了！要是能快一点就好了。"

"不去想它，不知不觉也就长大了，对吧？"

听杨这么说，我心里舒坦了一些。

"你说，怎么生出来的偏偏是我，不是另外一个人？要是我阿爸姆妈生的是另一个小人，那我就感觉不到我了？"

"肯定的呀，你都没生出来！"杨说。

我听了想笑。

"她（他）会不会长得跟我一样，或者蛮像的？"我又问。

"完全有可能。"

一个跟我长得一样或者蛮像的人，却跟我横竖不搭界，真
是怪死掉了！"

杨笑笑，没说啥。

"那挨打的就是她（他）了？"这话一出口我就后悔了，难
道我想让别人代替我挨打？要真是这样，我也太差劲了！算了，
我已经被狠狠打过，这滋味不好受，别人还是免了吧！

"也不一定就挨打呀！"

"嗯，是啊！"我听了有点安慰，或许不是我，就不会挨
打。我眼前扬起一片又一片红红的花瓣，忍不住说，"我太讨人
嫌了！"

"不好这样讲！我就觉得你小曼蛮可爱的。"

"真的？"

"当然啦！"

我又想起10号姆妈来，她就蛮欢喜我的。还有三妹，毛豆
子也不讨厌我。

"不可能啥人都欢喜你。你也会嫌鄙别人的对吧？"杨又说。

"嗯，是的。"我承认我也有嫌鄙的人。

杨又安慰我："外婆家小人多，两个婆又从早忙到晚，还经

常会有这个事那个事的。"

我不响，也没在心里反驳她。我想起姑婆搬家后，有天，她只是坐着，不说话，外婆好像在小声劝她，我模模糊糊听到几句："小冬子还小，急啥？到时候想想办法。总归有办法！"我不晓得姑婆还碰到了啥事情。现在看来，姑婆遇到的烦心事不少，只是我们做小孩子的不晓得而已。正像外婆说的，小舅还小，而且在我看来，他吃的也多，一年到头都不生病，我一个小人想象不出他能有啥事情。或许真有啥事情？姑婆是他姆妈，自然会担心的。

我每天看着两个婆干活，真是辛苦，还有操不完的心，就问杨："好像很少有人不吃力的，过日子都这样？"我问。

"不管哪能先要吃饭，你讲是吧？"

"嗯。"我点头。

停顿后杨又讲："然后再过得好一点。"

我问："哪能算过得好一点？"

"这个嘛……让我想想看。"杨想了想说，"天气太热，盐汽水或者橘子水想喝就喝，棒冰雪糕想吃就吃。这算吧？"

我点头同意。"还有呢？"我又问。

杨想了片刻，说，"开心一点应该算吧？"

"应该算！这点蛮重要。"我马上说。过了好一会儿，我想到另一个问题，迟疑了一下，还是讲："有一段日子，我老是做很吓人的梦，梦里也不晓得都是些什么人，打得不可开交，非常激烈！而且，整个梦境全是土黄色的，你讲怪吧？"

"哦，我有印象。"杨边想边点头。

我接着讲："醒过来的一刹那好像还在打，眼睛睁开来后满头大汗。大部分时候天已经亮了，大家还没醒，安静得不得了。还好我做梦的时候没叫出来。一般来讲，我梦里拼了命地叫，也不会真的叫出声音来，最多胸口憋得吃不消后就醒过来了。"

"有同感，做这种梦相当不适意。"

"醒了后躺在地铺上，庆幸自己还好醒了，真实的日子比梦里好得多，至少醒过来等于从梦里逃了出来。但问题是，你晓得吧，这个时候安静是安静了，不晓得为啥，又会瞎想八想，一想到人是会死的，就害怕，瘫在地铺上浑身没力，感觉一点办法也没有。"

"嗯。"杨轻轻回应我，没讲啥。或许她不晓得该哪能安慰我好。

这些话我没对任何人讲过，谁要听呢？就算讲了，别人会不会以为我脑子出问题了？对杨我可以随便讲。我接着说："大人不晓得会不会这样想，反正我醒过来想到人有一天会死，就怕得要命！不想去想，又屏不牢要想，只要大家还没醒，我就躺在地铺上一直想、一直想……"

"我也是的。"杨说。

"对吧！"杨的话证明我不是在瞎讲。我继续说下去，"要是没生出来倒也算了，生也生出来了，不管日子过得哪能，总归还是怕的。你晓得的，我一向胆子小，不怕死是不可能的。"

"我也怕的。"

"哦，是吧？"我没想到，原来杨也怕呀！

杨又说，"别人应该也怕的吧？只不过没讲出来。是人都会怕吧？"

我点头，感觉杨分析得蛮有道理。或许人跟人在有些地方想法差不多？

"你讲，人为啥要生出来？"我问。

"总归有人要生出来的是吧？要不然人也没了。"杨笑了。

我也笑出来，然后讲："不生出来就不会认得三妹、毛豆子、10号姆妈、大姐姐还有李一红他们，不光所有的人都不认得，连所有的一切也都不晓得，特别是还要错过你！这样一想，还是生出来的好。"

"是的呀！不管哪能，你小曼好歹过一过自己的日子，多少尝到一些只有你小曼才能尝到的味道，不管好坏，自己晓得。这应该不算纯粹的坏事情吧？"

听杨这番话，我蛮感动的，迄今为止，还没有人跟我这么说过。

这之后，我跟杨时常说一些不太会去和别人说的话，杨很懂我，从来不会取笑我；我也很爱听她说话，一时没明白，也不会去笑话。

李一红和外婆陆续回来了。我没去跟外婆讲我挨打的事，也没打算跟李一红说。但我在跟李一红玩的时候没屏牢，还是把那天的事说了出来。李一红听了蛮难过，还摸了摸我的手臂。我的手臂和身上的其他部位已经看不太出挨过打的痕迹。她问我："你没舔干吗打你？"

"我哪能晓得？婆还是相信方伟民吧！"

"方伟民也是的，为啥非要那么说？"

"他从楼上下来，要么是看错，要么就是诬赖我，想要姑婆打我一顿才高兴，或者就为了让姑婆出出气？姑婆看上去心情不好。"

李一红边点头边想着什么，然后说："以后婆讲你，不管她们讲啥，你都不要回嘴。"

"我不响，不是等于承认了？"

"大人不管讲啥，你不响，她们也就不讲了。"

李一红完全可以做我的师傅。怪不得都说她懂事。

我跟李一红说的话杨听见了，她说："你挨打的整个过程她都没有经受过，很难跟你想到一块儿。"

想想也是，就算方伟民在场，挨打的又不是他，他会懂得我的心情吗？

好歹日子久了，很多事都会淡忘。最初是巴掌打在身上的感觉，青紫消去，疼痛也就溜得无影无踪。之后，偶尔还会想起来。再往后，就不怎么去想了。

夏去秋来，我就要上学了。在正式的开学典礼前，新生要提前去学校报到。我和李一红上的是同一所学校，叫紫云英小学。我估计第一天外婆和姑婆很可能会让李一红带我去。

报到的前一天，外婆和姑婆说起这事，姑婆说："明天早上我带馒头去学校，教她认一下路。"

外婆点点头，"嗯，好呀！大人带着走一走放心。"

早上，我把外婆买的草绿色书包斜挎在肩上，就像李一红那样，然后跟着姑婆下楼去。

我们往右拐到楼的南面，在一大片新村的楼房之间朝东走。姑婆说："隔一两个楼没关系，记住这个方向就可以了。"走到一个小马路的路口，又说，"只要走到这里就对了。"

我看了看周围，记好路口，对着姑婆认真点了点头。

在过小马路前，姑婆又叮嘱道："到了这里要停下来，看看左右有没有车。过马路小心。"

"知道了，婆。"我和姑婆过了小马路后，又往前走了一小段路，就到了校门口。

一些和我一般大的孩子前后走进了学校。他们都是新生？

里面应该有和我同班的，我有点激动地望着他们。

"进去吧！听老师的话。回家记得路。"

"嗯，晓得了，婆。"我快步走进校门。我的前后左右都是人，我好快活，我就要有同学啦！校门口进去没多远就是教学楼。进教学楼前，我回头望了一眼，姑婆还站在原处，看我回头，就朝我摆了摆手，意思是"进去吧"。不晓得是怎么了，我突然鼻子有点发酸，周围有不少人，很热闹，但对我来说还都是陌生人，只有那个站在校门口的婆，胖胖的，有些苍老，她只望着我。我突然感到,在这么多人里,婆是和我唯一有联结的人……我朝她挥挥手，婆也对我点了点头。

开学后，我有了喜欢的女班主任盛老师，她教我们语文，女生们都爱谈论她。有时候我和几个女生去完卫生间后，还会绕道去办公室门口偷看盛老师。盛老师看见我们在门口伸头缩头的，就招手让我们进去，我们又扭扭捏捏的谁也不往里去。盛老师就朝我们笑笑，继续批作业。

女生中和我相处最好的要数王美珍了。美珍和我一组，坐在我斜前方。她的书里总是夹着各式各样好看的糖纸头，后来在别的女生书里也经常能看到。课间，大家围拢来，抢着和美珍交换糖纸头。

糖纸头里最吃香的是透明的玻璃纸，当然还要看是不是平整，折痕少。美珍将玻璃纸放在手心上，轻轻吹一下，玻璃纸的边会微微地翻卷起来，美珍就说："看看，平吧？"一脸骄傲。

在美珍的影响下，我也集起了各式糖纸头，什锦糖的、椰子糖的、大白兔奶糖的、水果糖的，不管是蜡纸，还是透明的玻璃纸，我都攒下来，等压平了，再去跟美珍换。压糖纸头需要耐心，一般要压好些天才能平。将压得最好的玻璃纸夹在书里，翻书的时候，它随纸张软绵绵地飘过，让你一点都感觉不到它。我没美珍有耐心，虽然我的不如她的好，可她总是拿好的来跟我"换"。

下午没课的时候，我们就参加学习小组。我跟美珍一组，外加两个女生，都住得很近。美珍家的楼就在外婆家的楼的斜对面，白天她阿爸姆妈上班，家里空，我们就到她家里。学习小组除了做作业就是玩。作业也就是复习学过的拼音和写数字，我读书前就在描写簿上描数字，所以很快就能做完。我们最期待的还是做完作业后马上可以开始玩。除了参加学习小组，平时有什么事，我们也会去对方楼下喊名字，被喊的听到后，从窗户里伸出头来应一声，就跑下楼。

没想到我一年级上了还不到两个月，就突然病了。据说我得的是一种严重的痢疾，拉稀不止。医生规定必须每天看一次门诊，要带着大便。这么一来，我得暂时休学，不能再去学校上课。杨马上感觉到我情绪不好，就安慰我说，看病要紧，不然什么都做不了，还有生命危险。

看来我病得不轻。李一红替我去向盛老师请了病假，还跟美珍说了我生病的事。李一红回来带话说：盛老师和美珍都让你安心养病。我听了很开心，上学后，多了关心我的人。

我每天早上都由姑婆带着去丹霞地段医院。医院就在对过丹霞一条街的后面，走一会儿就到。去之前，姑婆都要挑一点我的大便，将它放进空的火柴盒里。姑婆做的时候很认真，还不忘跟外婆研究一番，没有半点嫌鄙。如果感觉大便正常了一点，她们脸上的神情就舒展一些。去医院的路上，姑婆一手拿着我的大便，一手拉着我。姑婆的手很大，也很粗糙，都是干活干的。跟姑婆离得近了，感觉姑婆的个头比平时更大。我偶尔抬头看一眼姑婆，姑婆也会回看我，我们都不说话。姑婆的手很温暖。

病好了以后，我又回学校上课。美珍和大家对我很关心，不停地问这问那。选班长时，我成了候选人之一，唱票前我的名字被写在了黑板上。没想到最后我名字下面的"正"字最多。我当了班长，很长时间我都不敢相信，更让我没想到的是，我这班长一当就是三年。连两个婆都说，小馒头每学期都当上了班长，我们家的孩子蛮不错的。

到了春夏时节，美珍拿了一张不很大的纸片给我，上面沾着些黑色的小点。她说这是蚕子。过些日子，蚕宝宝就会出生。

我想到虫子心里害怕，就对美珍说："我怕虫子，还是你自己养吧！"

115

美珍朝我笑笑，"你都三年级了！试试看嘛，养了你就不怕了。蚕宝宝很可爱的。"说着，又将纸片撕下一小片递给我，"就先养这一点点吧！"我一看，确实只有一点点了，再还回去说不过去。既然美珍说没什么可怕的，那我就试试，美珍是不会吓唬我的。

我将粘着蚕子的纸片放在敞着口的小盒子里。几天后，极小的蚕宝宝出生了，我不知道怎么办，问了美珍，美珍说她的也陆续出生了，要我别急。

放学后，她拉我到新村的一棵树前，指着说："这是桑树，蚕宝宝吃了桑叶就会长大。"她拍了拍树干，"我不会爬树，你也不会吧？"我赶紧摇头。她又说："我阿爸太忙，不喜欢养蚕，叫他来采桑叶，他要烦的。"

我想到方伟民，他爬树没话好讲，不晓得他肯不肯？我对美珍说："我回去问问我阿哥。"

我回到家，过了一会儿方伟民他们回来了。我问："小阿哥，你会爬树，帮我采一点桑叶好吧？"

"采桑叶？做啥？"

"给蚕宝宝吃呀！"

方伟民听了，疑惑地看着我，"你不怕虫子了？"

我硬着头皮说，"现在不太怕了。"

方伟民想了想，"嗯，好像是，我们斗蟋蟀时你看得蛮起劲的。"说完，马上问："桑树在啥地方？"

"我带你去。"我生怕他反悔。

到了树下，方伟民三下两下就爬了上去，活脱一只猴子。很快他就采了两大把桑叶从树上下来，还警惕地看了看四周，估计平时和丁小亮他们没少爬树摘果子。"这能吃几天，多了就不新鲜了。"方伟民说。

我拿了一大半给美珍送去，美珍看到后蛮惊讶的，"这么快就采好了？"我得意地冲她笑笑。

回家后，我用小毛巾淋了水后拧干，再将桑叶整齐地叠好夹进毛巾里。

我拿了一片桑叶放到蚕宝宝的盒子里。那一点点大的蚕宝宝爬到叶子边缘，抱住叶子，马上开吃。看它们吃桑叶蛮有意思的，它们一起从外围一点点往里啃，叶子逐渐变小，直到吃完。

在养蚕的这段时间，我的耐心越来越好，总是安静地看着蚕宝宝们吃桑叶。很快，它们就越长越大。我在它们吃饱后就和它们玩。蚕宝宝洁白的身体，柔软干净，在我的手上动来动去的，极其温柔，我轻轻抚摸它们。

丁小亮看见我跟蚕宝宝在玩，忍不住说："真没想到馒头不怕虫子了。"

我就回一句："别想再吓我！"

他有点不好意思，搪塞道："谁吓你了？"

蚕宝宝开始吐丝，一圈一圈、一层一层地把自己绕住，最后留下光洁椭圆的蚕茧。过个十几天，蚕破茧成蝶，之后产子而亡，又回到最初的样子。我想起了美珍给我的那张粘着蚕子的小纸片，感觉真是了不起！同样的小点，却已经历了生命的全过程，还是这么安详，延续着过往的生命，又成为全新的自己。真是精彩啊！我心里全是感动。

夏天很快过去了，转眼到了初秋，不过天气还是闷热的。我盼着"秋老虎"赶紧过去，开学后要上四年级了。

我姆妈来外婆家，说是看看我，却基本上都在跟外婆和姑婆说话。其间，我姆妈给了我和李一红一人一根香蕉，我问她大家都有吗？她说都有，于是我和李一红吃着香蕉到楼下去玩了。

没想到，开学前我要回长福路的家，在附近的小学上四年级。两个婆和姆妈都说我大了，该回去念书了。我实在搞不懂为啥会是这样？这太突然了！我将很快离开外婆家，和熟悉并习惯了的这里告别，还要和盛老师、同学们分开，尤其是美珍，我真是说不出的郁闷和难受。可是，作为小孩子，又能怎样？不管我怎么问，她们似乎也说不出更多说服我的理由。我想到初来外婆这里时也是一样，明明马上要上幼儿园大班了，可偏偏不让上了，莫名其妙就把我送到外婆家，弄得我一点准备也没有，真是荒唐！也许大人也有无奈，又没法跟小人讲清楚？或者大人的想法我们做小人的还不能够了解？

在外婆家生活的一幕幕像过电影似的在我眼前闪现。

记得我痢疾好了之后，曾跟着姑婆去新村外的小河边捞鱼虫，这是我第一次捞鱼虫，很兴奋。鱼虫很小，比蚕子还要小很多，在河水里很不起眼。姑婆经验丰富，先打了一小桶河水，再用很细密的网勺在水里舀。水滤走，留下的就是鱼虫。姑婆很快将网勺浸入小水桶里，鱼虫立刻游了起来。这样反反复复的，桶里的鱼虫越来越多。我也试着捞了几下，还没尽兴，姑婆说："差不多了，够鱼吃两天的了。"就拎起小水桶，我则拿着网勺，一块儿回家了。

金鱼是新村的邻居送的，蛮多的，姑婆就用铅桶养着。我们将鱼虫喂给它们，金鱼立刻就游到水面，嘴巴张得很大，你争我抢的，不一会儿就把水面清空了。我又舀一些进去，他们又抢。姑婆看差不多了，就说："够了，不能吃撑，明天再喂吧！"

可是才养了两天，我们却傻眼了，鱼都翻了白肚皮，全死了。难道是鱼虫吃多了？姑婆判断是水质不好，说自来水太硬，鱼受不了。哎！我本以为还可以再去捞鱼虫的。

我还想起一件跟丁小亮有关的事情。就是丁小亮私自拿东西吃，还告状说我偷吃、害我挨打的那件事。我当时也不晓得是哪来的胆量，挨了打偏爬上外婆的床，一边捂着脸大哭，一边使劲在上面跑来跑去，把床铺踩得乱七八糟，还不停地争辩，就是"回嘴"。平时都是别人冲我吼，我个子小，仰着头，更觉得自己矮小。挨骂挨打的时候，我一般不是仰头就是低头。那一回，我在床上跑，发觉别人其实也没有那么高大，虽然还是觉得倒霉，但心里却生出些气势来。听着"这小丫头疯了"这样的话，也不去在意，心里的憋屈一下子排出去好多！

当然我还想到很多事，它们让我尝遍了各种滋味……

人大概免不了这么来来去去的，和一些认识的或不认识的聚到一起，过后也许会分开。这期间常常会有一些事发生，不管是什么样的，总有些是难忘的。现在的我和初来时哪里不太一样了吧？这或许就是长大？每个小孩子都会长成大人的，我也一定会的，只是长大以后还会不会留下一些做小孩子时候的心情？

初秋的雨水总说不好，有时候会多一点，有时候会少一点。有时候说下就下，来不及躲，有时候以为就要落下了，却半天都落不下来。雨落不下来的时候最闷热，知了大概快喘不过气了，拼了命地叫，没完没了的，听着实在无聊，只有等雨落了下来，它们才肯停歇。

江卫冬和方伟民进来，江卫冬手里捧着用毛巾裹着的雪糕，喊大家："快来吃大雪糕！可可的。"还专门对着我："馒头，来一根！"拿了一根给我。"今朝请大家吃大雪糕，庆祝馒头回去读书。"

"这也要庆祝啊？"我嘴上讲，心里蛮满意。

"当然啦！要进新学校，过新生活。"江卫冬做了一个向前进的动作，看我不响，又说，"放假来外婆家玩。"

方伟民急吼吼的，"快吃，快吃！"他吃得最快，一大半吃掉了。

"做啥？"丁小亮问。

"西面空地上飞了好多蜻蜓！排场大得不得了！"

丁小亮一听起劲了，"那快点吃好过去！"

外婆说："玩一歇就上来，要落雨呢！"

"晓得了！"大雪糕吃完，他们几个就急着下楼去，还对着我和李一红喊，"你们也去，快点！要是落雨，蜻蜓就没了。"

李一红想去，就对我说："我以前看到过，蛮有劲的！一道去好吧？你要是怕，可以离远一点。"

我想，李一红说不怕，应该没什么好怕的吧！就和她一起下楼去。

出了楼，远远地看到西面的空地上有不少小孩子在跑，很多蜻蜓在半空飞舞。空地很大，在邮局的左前方，因为是整座大楼的边上，绿化带没有延伸到西北角，再加上还连着往南的空地，就显得更加开阔。蜻蜓飞得不高，有的很低，简直就像在头顶上。我挥动手臂，在蜻蜓下面穿梭奔跑，感觉自己也变得跟它们一样轻盈。天空是灰蒙蒙的，像极了朴素的底板，在它的衬托下，我将蜻蜓细长的身姿和透明的翅膀看得细致分明。不经意间我的指尖还会和蜻蜓"点一下水"，就像是约定，以后不管在哪里遇见，我们都认得。

雨终于落下来了，越来越大，蜻蜓不知去向。我们在雨中尽情奔跑，来来回回的，谁也没有躲进楼里。空气越来越清新，雨中的一切都有了新意。谁说不是呢！只要留意，总能感觉得到。

我想起以前在长福路家的日子。四年过去了，三妹和毛豆子应该能认出我来吧？如今，我也和他们一样，是少年了……

第 二 部

第一章

开学前小曼回到了原来的家，长福路 120 弄。新学校离家很近，后弄堂到底就是，但含在弄堂里。一出弄堂口青西路就横在面前。

同样的弄堂，同样的房子，隔了几年回来，小曼既熟悉又陌生。她的步子明显慢了下来。许青手里拿了不少东西，对小曼说一句"我先进去放东西"，就打开 9 号楼门进去了。楼门被用力打开后，反弹了一下，半开半闭的，像嘴巴张了一半，欲说还休。

小曼在 9 号楼前站住。顶头的毛豆子家门锁紧闭，旁边的窗户上拉着帘子，窗帘换成了蓝色扎染布，看着很有生气，她记得原先挂的是深灰色的。毛豆子家里没有传出一点声响。他家没人？小曼想。她定定地站着。后方传来男孩们奔跑的声音，手下滚着铁圈。他们八九岁的样子，领头的一路跑过来，把小曼当成杆子，到了她跟前绕一下，再往回跑，后面的跟着照做，前后连成一串，像风一样来去。小曼大概想起了自己当初玩耍的情景，怔怔地望着他们。

有人从9号楼出来，小曼看过去，出来的人也打量着小曼。很快，她们都认出了对方。

"小妹！""三妹！"两人同时喊出来。"听你姆妈说你要回来读书。"三妹边说边跑到小曼跟前，拉住她的手。

小曼从"馒头"又变回了"小妹"。小曼见到三妹很开心，从三妹的话里，小曼还觉出许青和三妹家关系变好了不少。

她们互相打量一番。随后，两人都说对方没啥变，但明显三妹比原先个头高了不少，小曼只是长高了一点。两人还脚跟对脚跟比了一下，三妹比小曼高出大半个头来，小曼说："原来我到你耳朵的最上边，现在却在你耳朵的最下边。怎么搞的？我明明也在长啊！"

"我长得比你快。你还小。"三妹有点得意。

"不要瞎讲，啥人小啦？"小曼笑了。

有一个年轻女子抱了几个月大的小孩从9号楼里出来，和三妹相互笑笑，算是打招呼。等她走开了，三妹告诉小曼，她家是新搬来的，住在三楼亭子间。

"是吧。"小曼没想到，这几年邻居都换了，马上问，"毛豆子好吧？"看到毛豆子家窗帘换了，小曼担心他家会不会搬走。

三妹看了看毛豆子家，小声说："轻一点。"

小曼也下意识地朝毛豆子家看了一眼。还好，三妹没说毛豆子家搬家。毛豆子家估计没人，三妹干吗这么警惕？"哪能了？"小曼问。

"哎，讲起来蛮复杂。"三妹说。

看来毛豆子家的事好像有点大。但至少毛豆子家还在，小曼还想跟三妹、毛豆子再在一块儿玩呢！

"小曼！"小曼听到许青喊，就对三妹说："我刚回来，还没进房间，等明朝大人上班去了，我们再讲好吧？"

三妹点点头："反正也来不及讲，你先回去好了。"

小曼进房间跟许青一块儿理东西。晚饭吃得比较早，许青说随便吃点算了，就炒了个蛋炒饭，母女两个将就着吃。今天许青去接小曼回家，有点累，简单吃了好早点休息，明天一早还要上班。

三妹端来一碗开洋冬瓜汤，还飘着麻油的香味。三妹说是她姆妈叫送的，还说她姆妈不大会做，她们也吃得简单。小曼想起外婆家就是这样，谁家烧了好吃的，都会在邻居间送来送去。小曼喝了一口汤，"蛮鲜的"。说罢，马上跟许青隔了帘子，对着走廊对过三妹家房间大声向三妹姆妈道谢。

小曼悄悄问许青："三妹家一向不是她阿爸烧饭吗？怎么变成三妹姆妈烧了？她阿爸为啥到现在还没回来？不吃饭啦？"没等许青开口，又说："大概她阿爸今朝值班。"

许青示意女儿把房门关上，犹豫了一下，然后说："不晓得三妹阿爸中啥邪了，本来一家人过得蛮好，哎！"

毛豆子家的事情还不清楚，三妹家又怎么了？几年不在，事情真不少！小曼想。"发生啥事情了？"她问许青。

许青想了想说："还是让你晓得一点好，你不要专门去问三妹，记牢吧？"看小曼点头，她接着说："三妹奶奶就想抱孙子。"

"哦？"小曼没想到，"儿子嘛，可以生的呀！三妹姆妈这趟生三妹，下一趟也许就生儿子了。"

许青叹了口气，"生儿子这么便当？"

小曼没在意妈妈的叹气，"老人太固执，三妹有啥不好？要我讲，女小囡最好！"她想到外婆和姑婆都喜欢男小孩，心里不服气。

许青笑了，"你讲有啥用？"

这倒是。小曼想了想，"难道三妹姆妈必须要再生一个儿子？"又问："要还是女小囡呢？"想到三妹讲过她妈妈生小孩困难，就说，"啥人规定女小囡不如男男头了？"

许青犹豫了片刻，还是说："三妹是她阿爸姆妈领养的。你不要出去瞎讲！三妹刚晓得的时候穷哭了。"

"真的？"小曼大吃一惊。

许青赶紧叫她轻一点。"坏就坏在三妹奶奶一直唠叨，时间一长，她姆妈越来越不开心，就跟她阿爸吵。她阿爸肯定也烦，就回来得越加晚了，有时候干脆不回来。"

"那他住到哪里去啊？"小曼为三妹急。

"啥人晓得。"许青又叹气又摇头的,"本来蛮好一个家……"

"我在门口碰到三妹,她看起来好像没啥。没想到三妹经历不少事情。"

"这桩事情出了有蛮长时间,三妹应该适应了。"

"姆妈晓得的蛮多嘛!"

"这都是三妹姆妈亲口讲的。"

"老早姆妈不大跟三妹姆妈来往的。"

听小曼这么说,许青马上强调:"老早是老早。"然后又说,"我看她一直不开心,三妹阿爸又不再一下班就回家做饭,就主动问她。一开始三妹姆妈不肯讲,我也就不问了。我看她不大会烧,有时候就多烧了端一碗给她们。后来她就跟我讲了。有啥办法,我也只能劝一劝。"说完,许青又再三关照小曼不要到外面去讲。

小曼点头答应,她是不会随便讲出去的,她知道要是那么做三妹一定会不高兴。

三妹家的事好像蛮复杂的,不是一时半会儿可以解决的,只好看情形了,小曼想。"毛豆子家还好吧?"小曼把话题转到毛豆子这里,想早点知道毛豆子家的情况。

"我每天上班,你不在家,我出差也多。休息天就忙着做事情,不大看到他父子俩,看到了也没啥空讲话,最多打个招呼。"许青说着生出感触来,"哎,老樊一个人拉扯毛豆子真不容易!

这几年老了许多，头发快要落光了。"想了想后说："倒是没听到他骂儿子了。"又自言自语的："本来嘛，老是骂小人做啥？小人作孽吧！"

小曼看出许青不了解毛豆子家的事，也就不再提了。当然她也不会去提10号妈。许青连同在一楼的毛豆子家的事情都不清楚，怎么会知道10号妈的事呢？许青没有问起小曼这几年在外婆家的生活，小曼也就没有主动说。在小曼看来，如果许青真问的话，那么多的事情怎么讲得完？而且，许青也许会觉得烦，没工夫也没耐心听下去。大人这方面都差不多，他们每天要工作，回家还要做家务，一个礼拜只休息一天，还时常抱怨休息天比上班还累，怎么会有时间来听小孩子讲点啥？他们只会要求小孩子好好听话，这样能省点力，这点小曼最有体会。

晚上，许青躺在被子里，听了一会儿半导体，很快就睡着了。小曼躺在许青脚头。突然换了地方，她有点睡不着。上床前，她留意了一下毛豆子家，灯亮着，没有传出打骂声，连日常走动的声音都不大有。这样不好吗？小曼想，但她总觉得哪里不对头。还是听三妹怎么说吧！不管怎样，毛豆子十三岁了，日子应该比小时候好过一点吧？她对自己说。

时间有它自身的魔力，不管你愿不愿意，总要改变点什么。小曼觉得在外婆家生活了四年，她小曼还是小曼，但跟以前那个小曼不太一样了。哪里不一样呢？小曼还没办法讲得明白。

同样的，三妹和毛豆子也都在长大，和过去应该也有了不同吧！小曼内心怅然。

小曼一向羡慕三妹。在小曼眼里，三妹的爸妈都很宝贝她，给她的零用钱也多，过得比她小曼可是舒服多了。三妹眼形细长，不像她妈妈的又圆又大，女儿不像妈妈的多的是。三妹妈妈很白，按沪上的说法是洋白，就是外国人的那种白，脸上还长了不少雀斑，而三妹皮肤偏黑，似乎有点像她爸，又似乎不像，大家就都认为她应该是像她爸爸家里的人。三妹每天吃一个苹果，皮肤红润。三妹怎么可能不是她爸妈亲生的？小曼怎么也不相信三妹是领养的这件事。

小曼听到杨说："不是亲生的又有啥关系？小曼你讲是吧？"

小曼想，是呀！不然三妹爸妈也不会那么照顾三妹。"问题出在她阿爸不够坚定。"小曼说。

"嗯，是的。"杨同意小曼的看法，不过她还是说，"也许她阿爸蛮为难的。"

"哎，老婆跟姆妈，千年难题！"小曼一说，杨笑了起来。"笑啥笑？到处听到阿婆阿姨在讲。"说着，小曼又问："你讲，三妹的阿爸老是不回来，这样下去，会不会真的跟她姆妈分开？"

杨想了想，说："吃不准呀！"

小曼想到吃饭时许青讲的那句话，也学着说："本来蛮好一个家。"

杨没吭声。过了一会儿，说："该碰到的事情总归会碰到，逃不掉的。"

小曼想到自己这四年也是碰到这样那样的事情。"你讲的没错，该是这个人碰到的，一桩也逃不掉。"

"嗯。小人大人都一样。"

杨这一说，小曼想起了10号妈，不知道这些年她过得怎样？

在小曼看来，离开的这几年，自己就跟断了片似的。即使看起来没啥变化，其实已经改变了。

小曼躺在已经陌生的床上，很晚才睡去。梦中好多人叫她，小曼听得很清楚，他们是丁小亮、江卫冬和方伟民，还有李一红。他们的叫声就像在追赶着小曼，但都是跑了调的。"我还要睡一歇！你们都跑开！"小曼大喊，声音却憋在身体里出不来。终于，小曼喊出了声，随后惊醒了。

"做梦了？喊得这么响！"许青也被吵醒。

已经到了早晨。

小曼独自往后弄堂去。穿过一道道连接弄堂的小门，在最后一个弄堂的尽头，就是青西路小学。小曼今天报到。进了学校，虽然知道校门口没有姑婆的身影，但她还是忍不住回头望了一眼，然后提醒自己，这里不是紫云英小学，是青西路小学，今天上四年级了，已经长大了。

领完新书后，听班主任讲话。女班主任姓侯，语文老师。有人小声说，侯老师今年二十八岁。小曼忍不住拿她跟原来的盛老师作比较，侯老师看上去明显比盛老师年长，有些凌乱的短发不如盛老师的好看，那身暗绿色两用衫和深灰色的确良长裤也实在没法跟盛老师相比，虽然盛老师的实际年龄可能比侯老师要大。小曼一时很难接受侯老师这样的新班主任。同学们彼此很熟悉，但是对小曼来说他们都很陌生。小曼一个人坐着，和谁也不搭话。要是在紫云英小学，虽说学习小组活动常在一起，但假期过后，大家见了面还是会兴奋地吵闹一番。

学校活动一结束，小曼很快走出校门，沿着弄堂回家。脚踏车伴着响亮的铃声从身边急速飞过，像有什么紧急的事，晚一秒钟就办不成了。连成一串的弄堂，三三两两的人来来去去，小曼并不觉得热闹。

还没走到自家弄堂，有谁拍了一下她后背。扭头看，是三妹。"吓我一跳！"小曼说，看到三妹旁边还有一个女孩。

"我同学琪琪。"三妹指了指女孩，"你班级放了？"

"嗯。你们也蛮早。"小曼说。

三妹挽住琪琪说："我们还要玩一歇，你先回去。"

小曼点点头继续往家走。她想到美珍，这个时候美珍在做什么？下次养蚕，美珍会去问谁要桑叶？要是美珍认得方伟民就好了，他应该会帮忙的。小曼边走边想，这些年各种各样的事情，开心的，难过的，平淡的，遗憾的，都一起向她涌来。

　　9号楼前很安静。毛豆子家还是拉着兰花布窗帘。小曼走近一点，没听到任何声响。她想上前敲门，又停住了。毛豆子说不定也去学校了，她想，听三妹的口气，毛豆子家的事情好像越来越麻烦。还是等三妹回来再说吧！小曼不是要打听人家的私事，她只是关心曾经要好的玩伴毛豆子而已。

　　小曼进了楼，先往楼上走了几级楼梯，朝走廊上10号妈的房门看了看。不出所料，房门关着。小曼也不觉得什么，反正总会在弄堂里碰到的。她进了自家房间，推开窗透气，顺便朝毛豆子家对着小花园的房门瞥了一眼。没看错吧？小曼又定睛细看，毛豆子家的房门竟然虚掩着。她很兴奋，赶紧下到小花园。如果只是毛豆子在家，没有说话声也正常，但是连一点走动的声响也没听到，这就奇怪了，毛豆子什么时候变得这么安静了？小曼看了看三妹家的窗户，犹豫要不要等三妹。想了片刻，她还是走到毛豆子家门口，敲了几下门，然后问："毛豆子在屋里吗？"

　　门内没有应答。

　　小曼又喊："毛豆子！我是小妹。在房间里吧？你不出来我进去了？"说着就要拉开门进去。

　　"不许进来！"汽车间里一个声音命令道。

小曼一惊：这声音比毛豆子的粗一点。这是啥人？没听说毛豆子有阿哥呀！她愣在那儿，不知道该怎么办。

"嘭"的一声，门被关上了。

小曼对着门一时恍惚。过了一会儿想，这里还是毛豆子的家，刚才说话的应该就是毛豆子。他的声音有点变了。小曼又敲门，"毛豆子，是你吗？我是101的小妹啊！"里面的人不睬，她又喊："我小妹！你忘记掉啦？"小曼有点光火。

里面传出了声音："啥小妹大妹的，一下子跑出来这许多妹妹，我认得过来吗？"那个声音显得很不耐烦，"快点跑跑开！烦死了！"

应该就是毛豆子，小曼越听越觉得是。她想：毛豆子怎么了？像变了一个人。小妹回来不欢迎啊？干吗这么凶？过去都是讲到他爸时他才会气呼呼的。看来毛豆子家里确实有事。小曼被泼了一瓢冷水，只好算了。毛豆子心情这么差，还是过后再讲吧！她很郁闷，回了自己房间。

三妹回到家，轻轻敲小曼的房门。小曼开了门让她进去。

"饭吃好了？"三妹随口问。

"没。"

"不开心啊？"三妹听出小曼的情绪。

小曼把刚才的事说了。"毛豆子到底哪能了？"她问三妹。

"哎，毛豆子的事情蛮难讲的。你问我，好像我晓得的蛮多，但是真的要我讲，我又不能完全讲清楚。"

"是吧？不要紧，你就讲你晓得的好了。"小曼鼓励三妹讲。

"你走掉后，毛豆子跟他阿爸之间还是老样子，你晓得的。大概是一年多前，毛豆子快上中学了，我发觉他屋里变化蛮大。毛豆子阿爸没声音了，汽车间夜里变得安静起来。我一下子倒不适应了。"

"不骂了，是好事情呀！"小曼插了一句。

"好事情？你听我讲，"小曼倒了白开水给三妹，三妹喝了一口，继续讲，"毛豆子几乎不出房门，叫他也不出来，偶尔碰到，我跟他讲话，他眼神发呆，板着面孔不大肯搭腔。"

小曼对比刚才敲毛豆子家房门的事，连连点头，"我敲门时，他要么不睬，要么态度不好。最后连面也不见，就把门关掉了。毛豆子哪能变得这样子了？"

"蛮吃惊的对吧？"三妹说。

"毛豆子从小就没过过啥好日子，现在又……"小曼没讲下去，停了一会儿，突然又说，"毛豆子的脑子千万不能出问题啊！真急人！"

"我也是这样想的！但是有啥办法，又不好问，你讲是吧？"

小曼点头，"是呀！不好问的。"想了想，说："这样，我们再观察观察，也许毛豆子没到生毛病的地步，只不过是心情不好。有空，我们两个人一道去叫他出来玩。"小曼觉得跟三妹一起力量大一点。

"好的！"

小曼想起了外婆家，又对三妹讲："汽车间太闷，统共只有毛豆子跟老樊两个人。老樊大概太无聊，一碰就不开心，不开心就拿毛豆子撒气。毛豆子躲也躲不掉，又没办法跟老樊争，只好憋在肚皮里。我外婆屋里都是人，原来还有三个房间，后来变成一间，大家吃了睡了全在一个房间里。索性人多点吵来吵去倒好。"

"没办法，一家一个样。"三妹说。

小曼朝三妹点了点头。她想到了三妹家的事，觉得三妹家也不容易。

三妹想起了什么，凑近小曼："对了，汽车间安静下来后，有天在弄堂里我看到一个女的，带了一个小姑娘敲毛豆子家的门。我瞥到一眼，是老樊开的门。老樊应该跟她们相当熟悉，马上就让她们进去了，好像还蛮怕被人看到的。"

小曼想起三妹以前说过的话，马上问："会不会是毛豆子的姆妈跟妹妹？"

"完全有可能。"三妹很有把握，"我马上回到我房间里留意起来，他们通小花园的门也关得紧得不得了，不晓得他们讲点啥。"

"毛豆子应该开心对吧？"

"汽车间有说话声，但声音不大。好像没听到毛豆子的声音。"

三妹道。

"嗯，想想也是，毛豆子很小的时候，他姆妈就跑掉了，毛豆子再看到她应该蛮陌生的。"

"来总比不来好。老樊大概怕了，不敢再打骂儿子了，现在对毛豆子不要太好！反而毛豆子要么不睬老樊，要么对老樊有点横三横四。"

"是吧？这许多年，毛豆子怨气太多，发出来就好了。"小曼说。

"我们也帮他发一发。"三妹一讲，小曼就懂了，两人心领神会地笑了笑。

回房间后，小曼对着窗户外的小花园发呆。想到毛豆子家不知道究竟又发生了什么？还有三妹家的变故，不觉心情有些沉闷。她也想起了生活在外婆家自己曾有过的烦心事。但凡是个人都会有烦心的事吧？只不过烦的不一样而已，那些看着没烦心事的或许是因为不想被人知道而没有说出来？

小曼想到一句话：开心是一天，不开心也是一天。这句话很多人都讲过，比如许正芳、许萍、许青，还有弄堂里那些碰了面寒暄的阿姨阿婆爷叔。小曼发现，不管是谁说这句话，说的一方或听的一方，总有一方是不大开心的，也可能双方都不大开心，开心的时候是不大会说这句话的。

杨宽慰小曼："这句话讲得蛮对，日子总要过下去的。少点不开心，多想想开心的事，日子就要好过一点。"

"对是对，但是人不开心，总归不爽。这个时候想要开心一点蛮难的。"小曼说。

"是呀！不过要我讲，你觉得不开心，是因为事情跟你想的不一样，你不大能接受。要是你抽出来想：事情有它本来的样子。也许你就不会不开心了。"杨说了后，小曼没吭声。杨又说："大概是回来还不习惯，慢慢就好了。"

小曼承认杨说的话没错，但是，哪有说开心就开心得起来的？杨明白小曼的心情。她们一时沉默，谁都不说什么。

片刻后，杨问："到了新学堂，小曼要有新朋友了对吧？"

"我哪能晓得？"小曼的情绪还是有些低落。

"接触多了，就会碰到对脾气的。"杨的语气总是很温和。

"我觉得像美珍这样的蛮难找的。"小曼说。

"是呀！"杨点点头，又说，"不过我想，说不定不像美珍这样的也能成为小曼的好朋友。你说对吧？"

小曼认真地想了想杨的话，"嗯"了一声。她知道杨不只是在安慰她。

吃过晚饭，小曼用脸盆端了水，叫了一声三妹，就下到小花园，往中间那块水门汀地面上洒水，去些暑气和灰尘，又跟三妹两个人一道搬了两家的竹榻并排坐着乘风凉。天色完全暗了下来，毛豆子家的灯光为紧闭的房门勾勒了一圈细细的金边，灯光还扑进了厨房里，将夜色赶了出去。从小花园看向他家的厨房，灯光不那么饱满清晰，却另有一种柔和的光泽。

"不晓得毛豆子饭吃好没有？"三妹说。

小曼没响，和三妹都看向毛豆子家。然后她站了起来，三妹也站了起来，一起去敲毛豆子家的门。

开门的是老樊。他先看看三妹，然后又看着小曼，脸上堆起了笑，"啊呀！是小妹吧？长这么大了？"说着瞥了一眼她们后方水门汀上的竹榻。

比起以前，老樊的态度简直是一百八十度大转弯。小曼虽然听三妹讲过，但是，真的面对老樊的笑脸还是不习惯，不由得挺了挺后背，让自己适应一下，随后对着老樊说："毛豆子阿爸好！我回来读书了。你们晚饭吃好了吗？"

"吃好了！吃好了！"老樊热情回答。他转头对着屋内的儿子态度温和："小妹回来了，你去跟小妹、三妹一道乘一歇风凉好吧？外头适意唻，阿爸帮你搬一只躺椅。"说着，就进屋搬出了躺椅。

毛豆子走到房门口，警惕地看着小曼，嘴里说："啥地方来的小妹？"眼神直愣愣的。

小曼一眼认出是毛豆子，只是他蹿个子高出了自己一个头，说话声跟白天她敲门时从汽车间传出来的一样。小曼望着眼前的毛豆子，感觉有点陌生。

老樊赶紧说："小妹又不是不认得。她跟你一样长大了呀！阿爸再帮你拿把扇子。"又转头去拿。

小曼不知道说什么好，有点尴尬。

三妹说："小妹回来就热闹了！我们一道乘风凉，快点！"

毛豆子阿爸拿了扇子过来，对着儿子扇了几下，又把扇子塞到他手里，哄着说："去跟小妹她们讲讲闲话。"

毛豆子一边说"有啥好讲"，一边走进小花园坐到了躺椅上。

老樊马上又从口袋里掏出口琴来，"要不要吹个口琴听听？"

"不高兴。"毛豆子说，看也不看老樊。

老樊笑笑："那就不吹了。你们只管乘风凉。"说完，拿着口琴进屋去了。

三妹先开口："毛豆子已经是中学生了，我跟小妹还是小学生。做中学生比做小学生有劲对吧，毛豆子？"

毛豆子没响。

"中学生就是比小学生深沉。"小曼说。

"瞎讲。"毛豆子批驳她。

"啥地方瞎讲？你看你现在连话也不想跟我们讲。"

三妹点点头，"小妹讲得没错。"又对着小曼，"我们两个人来考考毛豆子，看他还记得老早的事情吧？"

毛豆子脸上没啥表情。

"都是小事情，毛豆子未必要记牢。"

毛豆子直愣愣地看着水门汀，"不就是叫我两只蛋一道摊，冒充双黄蛋嘛！"

"什么？这你也记得啊？"三妹惊讶。她跟小曼对看一眼，两人大笑起来。发觉笑得太放肆，又赶快收敛一点，同时朝汽车间房门看去。

"我从来没摊出过双黄蛋。"毛豆子再来一句，小曼跟三妹又笑出来。毛豆子自己也没绷牢，笑了出来。

看到毛豆子笑了，两个女孩很开心。他们仨又说了不少话。毛豆子比起刚坐下来时放松了不少。

"你阿爸像变了一个人，对你照顾蛮周到。大概工作没过去忙了。"

毛豆子朝小曼瞥了一眼，说："给你做阿爸要吧？"

小曼被毛豆子的话噎住。

三妹马上说："小曼讲得蛮对，你阿爸确实变了。你不想要这样的阿爸啊？"

毛豆子没搭腔。

小曼问三妹："10号姆妈好吧？"

"她已经跟儿子一道搬走了。"

"啊？搬到啥地方去了？"小曼没想到。

"不晓得。有天我放学回来，听弄堂里的人讲的。"

"没住两年就搬走了？"

"这有啥奇怪，几年工夫，你不是又回来了？"毛豆子说。

"这倒是。"小曼觉得毛豆子的话好像没啥不对的，只是在她的心里有些东西说不清楚，就像看到现在的毛豆子。

小花园一时变得安静。微风徐来，树叶发出些微的响声，三个少年在它漫不经心的触碰下，感觉到丝丝凉意。风来了就来了，掠过去也快，谁也抓不住的。月光恰到好处地投射下来，不十分明亮，也不那么暗淡，在整个小花园上落下一层清凉的光晕，将细处遮蔽掉了，显得简单而朴素。小曼喜欢这样的夜晚。

自从去了许正芳家后，小曼以为会在那里读书读到成年，没想到刚要上小学四年级就又回来了。比起几年前，在小曼看来，这里似乎没什么明显变化，但是感受过后，这里的改变还是很大的。就拿毛豆子来说吧，小曼原先就了解他家的事情，回来后听了三妹说的那些，原本只是想和三妹一起让他能发发怨气，但是见到毛豆子和老樊后，总觉得毛豆子的事情似乎蛮复杂，不只是发发怨气这么简单，就算老樊对儿子的态度完全改变了，不再打骂儿子，毛豆子也没有因此变得开心。再说三妹家，在小曼眼里，三妹家过得好，而且以后一直会过得好，这一点根本用不着怀疑。要不是妈妈许青告诉她那些事，哪里想得到三妹家竟会发生变故？她家的事情是会往好里变，还是会变得更糟？小曼觉得，三妹看上去倒还好，也许适应了一些？但三妹的内心深处不可能不受影响。离家四年，这里的一切怎么可能还跟过去一样？就算把两块相同的布头拼到一起还有接缝呢！小曼知道，自己在外婆家的日子与从前在家、在幼儿园完全不同，在三妹和毛豆子眼里，她小曼应该也改变了很多吧！

这个夜晚，虽说少了以前的那种畅快，但在小曼看来，能再和毛豆子、三妹坐在一起乘风凉，讲讲闲话，就已经像做梦一样。这些年大家的生活都有了不同的变化，即便一切照旧，人也在不知不觉中长大，这本身也是变化。小曼的心里从来都怀着愿望，只是她的愿望被时间浸泡过后，变了一些形状，好在它还在小曼的心里生长着，她并没有失去它。

第二章

101室的小妹我又不是不认得，回来就回来好了。当初走的时候，一个招呼也不打，我还以为她失踪了。现在突然回来了，又是一个招呼也不打，一本正经喊一声，就要跑到房间里来。

几年没见，都已经陌生了，一下子要变得跟过去一样熟悉，实在不习惯。哎，不是这个妹，就是那个妹，都跑过来寻我，我哪能一下子变得吃香了？之前我姆妈带了阿妹来，阿爸大概跟她约好了，一听到敲弄堂这边的门，就急急忙忙去开，看到了连招呼都没打，马上让她进来，大概怕外头人看到。我第一眼还以为阿爸又找了一个带了小人的女人。但姆妈一进来就叫"儿子"，讲她是我姆妈。居然有人讲她是我姆妈？我一下子蒙掉了！姆妈还不经我允许，一把抱牢我，讲她一直在想我。我吓得差点叫出来！姆妈对我来讲就像陌生人，要是我跟她在路上迎面走过，根本不认得对方。哎！当初我小，不记得多少，姆妈应该是说走就走,现在呢，又说来就来,拿我当啥？简直莫名其妙！

　　我对姆妈没啥印象，不过呢，但凡是个人都有姆妈对吧？我有时候想，姆妈都欢喜自己生的小人，毕竟是娘。我姆妈为啥从来不来看我？看看三妹，她姆妈多少欢喜她！小妹的阿爸不常回家，她姆妈工作忙，还要做家务，照顾小妹，有些方面难免顾不大上，但也没像我家这样，姆妈不管我跑掉，阿爸还这副样子！

　　我毛豆子也太没人欢喜了！外头人不去讲，我阿爸统共只有我一个儿子，也不欢喜我，我想不通！是因为我太调皮？哪一家男男头不调皮啊？当然，我承认我比别人还要皮，但也用不着天天不是骂就是打的。有时候我又没做啥，他也要这样对我。我发觉他盯牢我看的时候就像我是他仇人。莫非我不是他养的？我无数次想问问他：我是不是他的亲生儿子？我还经常想，我的"亲生阿爸"在啥地方，哪能还没来寻我？没想到"亲生阿爸"没来，阿爸倒像变了一个人，突然对我温和起来，好像除了照顾我，再没有别的事情好做。这当中究竟发生了啥？我夜里睡觉时，越想越蹊跷，要当心一点，看看阿爸是不是啥地方出了问题。"亲生阿爸"我暂且放到一边，我的注意力全部集中到阿爸身上。我阿爸每天对我满面笑容，再吃力也不抱怨，我整个人都愁掉了，这还是原来的阿爸吗？他对我越无微不至，我越觉得不真实，陌生的感觉越强，甚至还觉得他虚伪，不晓得藏了啥目的？事情就是这样荒唐，阿爸对我凶我讨厌，对我温和关心我又怀疑他，不领情。我搞不懂阿爸，也搞不懂自己。按照目前的状态，我就像是被逼迫接受一个新阿爸。用"迷茫"这个词正好表达我的心境。当我还在迷茫中，我万万没料到，又凭空跑出一个姆妈来，还带了一个小姑娘，说是我的阿妹。

姆妈对阿妹讲："这是你阿爸跟阿哥。"

阿妹跟小妹差不多大，嘴巴蛮甜，叫了一声阿爸，还叫我一声阿哥。我勉强答应一声。我哪能会有阿妹？阿爸从来没讲过。

阿爸极其开心，对妹妹欢喜得不得了，还不忘对我讲："妹妹叫小婷，是你嫡亲的阿妹。"

哦，难道阿爸是因为看不到女儿，拿我来撒气？我白他一眼。我是不是要嘲笑一下我自己呀？妹妹多吧？除了三妹，又凭空跑出一个阿妹，还回来一个小妹，我真担心脑子别不过来，把她们叫错掉。

姆妈和阿妹从血缘上来讲，跟我是至亲，但我长到现在都是我过我的，她们过她们的，我们在见面前，相互不认得，就像是走在马路上擦肩而过的陌生人，能有啥感情？但我姆妈坚持来看我，还带蛮多零食给我。阿爸就笑着对我讲："都是姆妈买给你的，留了慢慢吃。"哎，难为他对我保持了一年多的笑容。一年多之前，我没啥看到阿爸笑。我看他还是不要笑的好，他一笑起来，我就觉得怪，感觉是硬逼出来的，好像他变成了另外一个人。他不再对我凶，变得十分殷勤，加上姆妈也突然出现，对我表现得相当关心，这都让我很不自在。我还小的时候，姆妈从来没来看过我，现在我都十几岁了，她倒来看我了，不奇怪吗？讲不定是我出问题了？真不敢想下去。我又没做啥，能有啥问题？我蛮正常，出问题的肯定不是我。有时候想，蛮好一家人，还生了一男一女两个小人。阿爸跟姆妈到底有啥仇，等不及我跟阿妹长大一点，偏偏在我们一点点大的时候就分开？心这么狠，说分开就分开。分开后，不走动就算了，既然要走动，为啥当初不走动，现在小人长大了，又要走动？我看阿爸最可疑，根源应该在他身上。我想得没错，一定是因为当初跟姆妈小婷分开后悔了，分开后又不走动，阿爸才一天到晚火气大，整天看我不顺眼，把气撒到我身上。一看到小婷，他就满面春风，开心得不得了。即使姆妈跟阿妹回去了，阿爸也一天到晚面带笑容，好像喜事连连。

阿爸不再打骂我，是为了弥补我？不对，他是先对我态度好，然后姆妈阿妹再来的。我是不是搞混了？大概是我骨头轻，习惯了被他打骂，他现在每天对我笑脸相迎、百般示好，我反而不适意，总是疑心哪里不对。是他想通了？快点要讨好我，怕我以后不养他？他是有点老，但远远没到退休年龄，担心得是否太早了一点？

姆妈跟阿妹经常回来看我跟阿爸，阿爸每次都要留饭，也不让姆妈做饭，还叫她多陪陪儿子。阿妹到灶披间看阿爸做饭，阿爸就讲："站在门口头看，不要进来，油爆出来危险！"等阿爸做好一只菜盛到盘子里，小妹就说"真香"，阿爸就更加手脚麻利。

我记得姆妈跟小婷第一次来，阿爸烧了油面筋塞肉，煎了东海带鱼，还炒了一只毛豆冬笋丝咸菜，还有鸡毛菜蛋汤。姆妈先搛一只油面筋塞肉到我碗里，阿爸问阿妹最欢喜吃哪一只菜，小婷说煎带鱼，阿爸就搛块大的、挑好两边的刺放到她碗里，又搛了一块还要大的给我，说："阿哥开始长身体，要吃大一点的才长得好。"又跟姆妈让来让去，反而两个大人吃得比小人少。看得出，阿爸看着我跟阿妹吃饭蛮开心的。我算是沾了小妹的光。

148

那碗毛豆冬笋炒咸菜，我跟阿爸又吃了一天，阿爸晓得我欢喜吃，还留了一点，跟吃剩下来的并起来正好又是一碗。阿爸之前做这只菜时极少放冬笋丝，他嫌鄙冬笋贵，不实惠。我就讲："放了冬笋丝这只菜才有味道，不加味之素也鲜。"阿爸点点我脑门，我本能地往后缩了一缩，听到他讲："小鬼，嘴巴吃刁了。"这之后，阿爸有时候会在毛豆子炒咸菜里放一点冬笋丝，偶尔还来一句："每次放冬笋丝，条件不允许。"

姆妈跟小婷每隔一段时间就来看我们。她会带一只菜过来，像蛋饺、熏鱼等。姆妈的菜做得蛮细巧的，味道也好，每次带的量又足，够我跟阿爸第二天再吃，但我还是习惯吃阿爸做的菜。我跟阿爸一般过年的时候才做蛋饺，平常阿爸不舍得做。过年每户能买半斤冰蛋，差不多像一块光明牌中冰砖大小，烊开来后再敲两只鲜鸡蛋，做蛋饺正好。碰到姆妈跟阿妹来的日子，阿爸比起过去大方多了，做蛋饺倒不至于，他时常会给每个人摊一只荷包蛋。每次荷包蛋搛到我碗里，我看也没比我煎的大多少。想到过去的事情，我心里还是会不适意。最叫我光火的是，阿爸搛一只给我，偏偏要讲"这只大"，我听了越加难受，扔一句话给他："只不过看起来大一点！"我口气硬邦邦的，似乎只有这样，人才好过一点。要是在过去，阿爸肯定要"教训"我，现在他最多轻声来一句"小鬼"，就不响了。

姆妈带小婷来，一般是礼拜天的上午。吃好中饭，坐到下午三点半左右她们就要走了，怕时间晚了车子挤。算一算，姆妈和阿妹来了不少次了，东湖路跟淮海路交界口的天鹅阁俄式西餐厅是想也不用想，阿爸连带我们出去荡一下马路、看个电影都没有过。淮海路又不远，走到淮海路上再往东走一点就是人民电影院，要近一点的，贴隔壁有东湖电影院。警备区俱乐部的位子不适意，就算了。当场票不一定买得到，我可以提早一天先去买好呀！《地道战》跟《地雷战》我都蛮欢喜看，巴不得再多看两遍。小婷跟阿爸姆妈应该也欢喜看。或许是姆妈她们时间不够，但偶尔晚点回去又有啥要紧？看来还是阿爸肉痛钞票，讲到底，他工资低，袋袋里没啥富余的钞票。他长年坚持到老虎灶去泡开水，一分钱一热水瓶，还不是为了每天能节省几只煤球？所以，我也不可能再要求啥，烧一顿好吃的已经很不错了。

101 室的小妹自从回来读书后，老是跟三妹来喊我到弄堂里去玩。要是礼拜天碰到姆妈和小婷来，我就带了阿妹一道出去。好笑吧？我变洪常青了，带了一帮娘子军，三妹、小妹跟阿妹。比起待在房间里，还是出去比较适意。姆妈每趟来是想跟我亲近，弥补对我的亏欠。其实也谈不上什么亏欠，亏欠还可以还，但小人从小没姆妈，这怎么弥补？难道要我再回到小时候，跟姆妈一道生活？可能吗？一直以来，我没姆妈，阿妹没阿爸。好在我们也长大了。我听到小妹偷偷问小婷："你姆妈对你好吧？

150

打过你吗？"小婷讲："姆妈对我蛮好，从来不打我。""是吧？"小妹大概想到我被阿爸打，偷偷感叹一句："哎，毛豆子作孽啊！"我差点眼泪水出来。每个人命不同，做小人的又没啥选择权。我心里不免怪姆妈，为啥不带我一道走？现在倒是来看我了。我不晓得是因为太想我，经阿爸同意后赶过来，还是有别的原因？姆妈来了不少趟，一趟也没叫过我去她们住的地方（我不愿意叫成她们的家），也从来没跟阿妹留下来过，每次都是掐着时间走。我问过小婷："你跟姆妈住得远吗？""远的。""在啥地方？""黄浦江对过，要乘摆渡船的。""浦东？"小婷点点头。怪不得要早走，晚一点，摆渡船就没了。我不再问别的，怕听到我不想听到的内容。再说，小婷一点也不傻，我问她，她就讲，但不多讲；我要不问，她就不会主动讲。总之，小婷对我问她的话，好像都要想一想再讲，表现得蛮谨慎的。

　　我家看起来一切都变好了。阿爸不再打我，下班回来所有的时间都在照顾我，相当有耐心，跟过去简直是天壤之别；姆妈时常带了阿妹来看我，似乎一切蛮圆满，我没理由不感激。但我跟他们就是亲近不起来，也没觉得有多少开心。我睡不着的时候，反而很快会想起过去的一些事情来。我是不情愿想起来的，更不想存心去记牢，但是有些事要不要想起来由不得我，我是不能控制的。

姆妈带了阿妹来。三妹跟小妹喊我到弄堂里去玩，小婷也跟了出来。三妹提议滚铁圈，我就从屋里拿了四套出来。铁圈长远不滚，有的地方生锈了，滚起来不滑。三个小姑娘接龙比我一个人，我的铁圈一倒，她们就起哄，笑我手生。我就越加"手生"，让让她们。

轮到小妹滚的时候，我问她："你在外婆家过得蛮好对吧？"小妹不晓得我除了羡慕三妹，还蛮羡慕她的。

小妹讲："还可以。"

"蛮好了！每天有外婆烧给你吃，又不要你做啥事情。"

"事情要做的。"

"你一点点大，能做啥？"我不相信。

"小看我。我买食母生，拷酱油……多唻！讲不光。"小妹要回答我，一心两用，铁圈滚得歪七歪八。她一边笑，一边救铁圈，不让它倒下来。

小妹爷娘忙，由外婆来照顾肯定要好得多，于是我讲："不管哪能，你是小姑娘，又是隔代，外婆肯定宝贝你。"

"不宝贝的。外婆家人多，她们宝贝男男头。"

"是吧？"看样子我倒应该住到外婆家去。但我不晓得我外婆家在啥地方。

"不宝贝就不宝贝。至少不打你。"我讲。

"我被打的。"小妹的铁圈倒了下来。

"什么？你也被打啊？"我没想到！我的铁圈也倒了下来。"做啥要打你小姑娘？"我脱口而出。

小妹捏着铁圈，看上去不大想讲。我心里激起了同样的感受，想快点转移话题。但小妹还是说："外婆讲我不听话……"

我听了蛮难过。小妹一句带过，实际上应该没这么简单。同样是被打，相比之下，女小囡被打更加作孽！与其打女小囡，还不如就打打男男头算了……

小婷虽然是我妹妹，但我俩从小不在一道生活，她跟小妹也不熟，当着小婷的面我也不可能跟小妹多讲啥，就算是三妹，有些事没经历过，也是不大能理解的，不要讲是小婷了。

又是一个礼拜天，姆妈跟小婷没来。我叫了小妹和三妹去后弄堂玩。我说："青西路上的食品店里糖糕蛮好吃。"

小妹问："你请客啊？"

"嗯，我请客。"

三妹听了蛮开心，马上讲："走走走，去吃糖糕！"

"太兴奋了吧！"我存心讲，好像又有了小时候的感觉。

我们往后弄堂去。没滚铁圈，是走过去的。我们穿过几个弄堂，走到青西路小学，再出弄堂口，沿青西路一拐，就是惠民食品店。

营业员看到我们三人走进店，就问："刚到的'拿破仑'，要不要来一块？"边说边将筐里的拿破仑蛋糕往玻璃柜里夹。

153

没等我反应，小妹直接指着糖糕说："我们买糖糕。"

营业员看了一眼小妹，对牢我，"拿破仑好吃呀！"

拿破仑蛋糕是用一层又一层的酥皮做的，酥皮之间夹了奶油，咬上去酥脆绵软，甜香可口。姆妈买给我吃过。我从袋袋里掏钞票。

小妹跟三妹看也不看拿破仑，一道讲："买三只糖糕。"小妹还讲"粮票我来"，马上就拿出一两半粮票放到柜台上。

营业员只好放下手里的夹子，用牛皮纸给我们每人捏了一个。

糖糕四分钱一只，我付了一角两分。又问三妹和小妹："半话李跟奶油桃板哪一种好吃？"

三妹跟小妹一道摇头，说够了，吃不掉。阿爸平常给我的零用钱虽然一点点，但我基本不用，偶尔买买，袋袋里钞票还是够的。

就在来去的路上，小妹讲了当时为啥招呼也没打就突然之间去了外婆家，以及她这几年在外婆家的生活。小妹讲到一些不开心的事情时没流露太多的怨气，好像讲的是老里老早的事情。我没想到，小妹小小年纪经历了这许多！有啥办法，该是你过的日子，只好过，逃也逃不掉！小妹讲的这些里有不少是她的伤痛，给我印象蛮深的，感觉跟我的伤痛叠加到了一道，听了更加心痛。不过当小妹讲到开心快乐的事情，表情和过去一样兴奋，我不知不觉中好像也参与其中。

小妹长高了，还从幼儿园小朋友变成四年级小学生，是大小人了。她的话没有老早多，这一点不大容易看得出。三妹跟我讲，小妹还是跟原来差不多，没啥大变。要我看，小妹有的地方确实没啥变，但有的地方是有改变的。小妹的胆子好像大了那么一点。原来看到虫子吓死掉。那天在小花园穷敲我房门，我被她吓了一跳，以为发生了啥大事情，结果她讲，看到一只天牛，叫我帮她捉。哎！小妹的一惊一乍倒是没变。经历蛮多事情后，小妹该开心的还是照样开心，这点我蛮佩服！我就做不到，特别是在屋里。小妹不开心起来好像不像过去表现得那么火大，最多讲："算了，多想没必要！"虽然还是不开心，但她会尽量去做点别的事情转移一下。不管三妹哪能讲，我可以肯定，小妹变化蛮大的。

即便是三妹，一直也没离开过102室，啥人又能讲她几年来一点没变？只不过经常见面的话，感觉不明显，一下子讲不清到底啥地方变了。三妹自己也讲："啥人不变？几年过掉了对吧，我又不是在真空里。"也不晓得她是开玩笑呢，还是真的感觉到自己有变化。对任何人来讲，自己的事情不一定讲得清楚。不管怎样，三妹的日子比较好过。

小妹几年后回来，经历了蛮多事情，加上我家的情况她跟三妹一向清楚，不用讲，不管看到的我是不是她所预料的样子，

155

她都不会惊讶，我相信比起三妹她更加能明白我的心情。

照例讲，我应该开心起来，阿爸对我态度变了，姆妈跟小婷时常来看我，我没理由不开心呀！只是，有时候不是想开心就可以开心的。阿爸一向脾气不好，一下子却变得温和起来，方方面面照顾我，弄得我别扭，总感觉他是不是搞错对象了？阿爸讲我长身体，买了维生素C叫我吃，连开水都帮我倒好。我本来不想吃，看他这样周到，就吃吃算了，管它有用没用，应该也吃不坏。不晓得是不是心理作用，我觉得维生素C吃了好像人蛮适意，感觉轻松了不少。

姆妈跟小婷从天而降，不是她们露面，我根本不会去想还有她们的存在。她们来了又走，好像全家团圆，其实还是各归各。姆妈闭口不谈现在的生活，最多敷衍我，讲在浦东上班，路远，住过来不方便。别的她不讲，连小婷也口风蛮紧。全家人都关心我，又都防着我。究竟为啥？我搞不懂。

本来我不打算问了，但最终没屏牢，偷偷问小婷："在浦东，就你跟姆妈两个人过日子？"

小婷犹豫了一歇，大概在想哪能回答我。

我心里有数了，打算放弃听她的回答。我把目光移开。

小婷开口道："就姆妈跟我两个人。"

我听了心定下来，"你跟姆妈可以回来。"

"姆妈上班太远了。"

话又兜到原点。上班远，就不好调工作啦？麻烦是麻烦，但还是做得到的，就看想不想了。算了，不想问了，姆妈也好，阿妹也好，都用借口来搪塞我，拿我当啥？她们到底是不是我的姆妈跟阿妹？我越想越好笑，本来我就不认得她们。现在跑来，说不定是阿爸派她们来冒充我姆妈跟阿妹的。

"有个叔叔经常来……"小婷说得吞吞吐吐，大概是看到我表情不对。

"叔叔？"我并没有很惊讶，我又不是想不到。我一直跟自己打预防针，有些事情完全会发生。但我还是感到一阵失落，情绪变得越来越差。

小婷大概被我的眼神吓到，不断讲："叔叔不过是姆妈的师傅，有了事情来帮一把。你不要瞎想八想。"

我脑子是不是糊涂了？感觉清醒过来后，我对小婷讲："没啥，阿哥随便问问。你跟姆妈不回来也好。就让我跟阿爸两个人过算了。"小婷看着我，好像不大懂，我又讲，"人跟人要讲缘分的，我跟阿爸就是有缘分，一直在一道，分不开。"

小婷更加听不懂。听不懂也正常。要是她跟阿爸一道生活，就懂了。话又说回来，小婷真的跟阿爸一道生活，阿爸会像对待我这样对待小婷？不想还好，一想更加悲哀。为啥我会是毛豆子？

我不断安慰自己，毕竟阿爸对我的态度已经完全变了。不管哪能，我应该知足……

第三章

我从外婆家回来有一段日子了。房子还是原来的房子，弄堂也还是老样子。房子里的人家，有搬出去的，也有搬进来的。搬出去的搬到啥地方去了不晓得，搬进来的原先住在啥地方也不晓得。9号楼的生活跟过去不大一样了。

姆妈上班还是忙，大多数时间是我自己做饭吃饭。我学会了用煤球炉烧饭，我们这里还没装煤气，不过听说也快了。炉子的火炀的时候烧饭，锅里的水干了就从炉子下面勾掉一些煤灰，上面加几只煤球，再将炉子的风口挡掉一部分，火小了，正好把饭焖熟。有时候米饭的水烧干后，米饭表面没洞洞眼，就要用筷子多戳些洞，以免下面焦掉，上面夹生。姆妈不回来吃的话，她会一清早把菜烧好放在碗橱里。吃饭的时候，我就搛一点在饭上，蛮便当的。三妹姆妈下班回来烧好饭，经常叫女儿拨点热菜给我，我讲菜够了，三妹坚决要给我。

三妹看上去变化不算大，倒是三妹姆妈变化蛮大的。原来她只关心三妹（这也没错），现在看我姆妈很晚没回来，就叫三妹经常来陪陪我。削了苹果，还要叫三妹送半只给我，我不收还不允许。三妹讲："有时候我跟姆妈看到你姆妈自己在吃苹果，你倒没吃。我姆妈讲，小妹要长身体，也应该吃一点。"

"我姆妈身体不大好，应该让她多吃。"我说。

三妹听了又去跟她姆妈讲，她姆妈就说："小妹心肠好。"又把别的好吃的叫三妹拿来给我吃。

我不好意思，不肯拿。还是老一套，三妹逼我收下来。

我有时发呆，三妹阿爸走掉到底是好是坏？三妹阿爸不回来，我还是替三妹难过。这桩事情也不晓得到底哪能了？我不大好开口问三妹。三妹是不是也怕我问起她阿爸？我阿爸很长时间不回来她也不问我。怕她不适意，我不提她阿爸也不提我阿爸。就算姆妈告诉我阿爸出差要回来了，我也没跟三妹提一个字。

倒是毛豆子问过我："你阿爸不大回来嘛？"

"有啥办法，做保密工作的，老是要出差。"

毛豆子随口说："不过也清静。"发觉有点不妥当，他停住了口。过了一歇，他感叹道："你阿爸蛮神秘的！"

看得出毛豆子对我阿爸蛮感兴趣。我不以为然。对我来讲，阿爸有等于没有，再讲，我很少跟阿爸见面，我跟阿爸其实蛮生疏的。大概是工作的关系，阿爸回到家也是一脸严肃，讲话不够温和，笑起来尤其别扭，好像硬逼一个不会笑的人去笑。阿爸在房间里，我坐也不是，立也不是，浑身不自在。

姆妈做家务吃力的时候就说："我是自作自受。当初看了苏联电影《侦察员的功勋》，被感动，稀里糊涂就跟你阿爸结婚了。哎！"每次姆妈对我抱怨阿爸时，我都会有莫名的不安，好像是我亏欠了姆妈。

毛豆子有时候提到我阿爸，会要我讲讲我阿爸做的事情。我真是犯难，我哪里晓得阿爸到底做点啥？那都是保密的，阿爸不可能告诉我的。对我跟姆妈来讲，他就是一个"身份不明者"。阿爸的事情我讲不出啥来，要是讲三妹，我倒是一口气能讲不少。但是，我还是很想跟毛豆子讲点啥，至少能让他换换脑子，不要脑子里整天都是跟他阿爸的那些事。我发现，只要提到我阿爸的工作，毛豆子就像换了一个人，精神状态完全变了。

这天，我单独叫出毛豆子（晓得的人越少越好），压低声音讲："我阿爸带回来一把小手枪。"

"真的？"毛豆子吃惊喊了出来。

"轻一点，不要被别人听到。"

毛豆子点点头，看了看旁边。"啥枪？"

"听阿爸讲，是勃朗宁。"

"勃朗宁？我晓得的。"

"蛮小的，还没阿爸的一只巴掌大，放在袋袋里一点也看不出。"

"是袖珍型的，防身蛮好。"

毛豆子蛮精通的嘛！还没等我讲下去，他又来一句："电影里女间谍用得多。"

我听了不适意，"哎，听好了！我阿爸是侦查员，不是间谍。你搞搞清爽！"我不过瘾，继续驳斥毛豆子，"还有，请你不要瞎讲，我阿爸哪能会用女间谍手里的小手枪？"

"好好好，不跟你争。"毛豆子大度地让让我。马上又问："好给我看看吧？"毛豆子看上去有点急吼吼。

"这不可以！枪哪能好从阿爸那里随便拿出来？是单位的。"

"嗯，你阿爸执行任务的时候蛮需要。"

退一万步讲，就是好"拿"出来，我也不敢。手枪多少危险！阿爸给我看时，反复检查了弹匣，确认没子弹后才给我拿一拿。我想起电影里不管是英雄还是特务，举枪动作都蛮潇洒，就模仿他们也举起了枪。发觉没目标，就对准了阿爸，吓得阿爸快点拿了回去，严厉训斥我，"枪不好对着人！""不是没子弹嘛！"我辩驳。"没子弹也不可以！万一呢？"阿爸不是上海人，斩钉

161

截铁的语气是有了，可他带口音的普通话听上去跟电影里出生入死的英雄们差距实在太大，我听了蛮失望的。

毛豆子的脑袋里只有小手枪，自言自语的："拿把真枪不晓得是啥感觉？"

没多久，老樊居然做了一把给他。毛豆子又提起我阿爸时，突然从腰里拔出来，我被他吓了一跳。"随便看，不搭界。"就把"枪"递给我，"假的，不稀奇。"他说。

我接过来，是一把黑颜色的木头枪。

看我笑了，毛豆子板起面孔，"笑啥？好坏是把枪！"随后压低声关照我："你阿爸回来，如果有枪，无论如何喊我一声。"

"做啥？"

"看一看啊！"

哎，毛豆子要是学枪击，肯定是个神枪手。他眼货好，打弹弓一打一个准。

我和三妹、毛豆子晚上必要乘风凉的，主要是想多讲讲闲话。自从毛豆子跟我聊到我阿爸，我明显感觉他的话多了起来。晚上，我跟三妹有意让毛豆子多讲讲。毛豆子就问："讲啥？"

我跟三妹回："随便。"

毛豆子想了想，就讲了一个我不在的时候的事情。"大概是在小妹走掉一年多以后。"他说，然后开始讲——

老樊早上去买豆浆油条，毛豆子则爬到隔壁小花园的树上。

老樊从弄堂主道拐过来，一手拿钢精锅，一手拿筷子，筷子上穿了两根油条，油条抵在反盖着的钢精锅锅盖上。他走得有点谨慎，大概是怕油条落掉，豆浆洒出来。离汽车间比较近了，他稍许加快了步子。老樊头顶心秃发严重，整个人看起来比实际年龄要老十岁。

毛豆子在树上看到走过来的阿爸头顶心头发越来越少，就想，算了，不弹他了。

老樊边走边讲："这个讨债鬼！不晓得起来了吧？天天要我喊！"

毛豆子听到后火气上来，心想："一天到晚骂我讨债鬼。不欢喜我还要生出我来？我只不过吃他一口饭，为啥这样恨我？考试成绩差一点要骂，在外头不开心了要骂，人感觉无聊也要骂，拿我当出气包，凭啥？就凭他是阿爸？人家阿爸为啥不这样？"毛豆子越想越气，掏出石头子，用力一弹，"咚"，石头子打在钢精锅上。

老樊吓了一跳，马上看锅子，锅身瘪进去一小块。锅底才换过，亮闪闪的托着锅身。老樊朝树的方向看过去，嘴巴里骂骂咧咧的："哪个死小鬼，这样缺德！有爷娘教训吧？被我抓牢，一定狠狠打！可恶！"

毛豆子躲在浓密的枝叶里不动。趁老樊进门，毛豆子赶快下来回到房间里。

老樊看到儿子进来,盯住他,眼神里有怀疑,"你出去做啥?"

"上厕所。"

"上厕所?没去做啥别的?"

"我起来就去上厕所,啥地方有时间去做别的?"

老樊看着儿子,又说:"今朝蛮自觉,自己起来了。"

毛豆子瞟了一眼钢精锅,没响。

老樊对着儿子,"不晓得哪个野小鬼弹的?我手里要不是拿了东西,非捉到他不可!"

"我拿到摊头上去敲敲平?"

"算了,没破掉。"老樊气还没消,"等抓牢一道算总账!"然后,又看了看儿子,"快点吃吧,不要迟到了。"

毛豆子"哦"了一声,埋头吃早点。

老樊三口两口吃好,拎起黑颜色人造革皮包就往外跑,"上班来不及了。"说着还叫毛豆子也抓紧点,门锁锁好。

毛豆子一边吃着早点,一边从窗口看着老樊碎步出门,听到老樊还在不依不饶地唠叨:"被我抓牢,有你好看!"

毛豆子像讲故事一样讲他跟老樊的事情。他也就是对我和三妹讲,别人他是不会讲的。毛豆子说的时候并没有绘声绘色,眉飞色舞。相反他的表情相当冷峻,声音也低沉,比跟我聊起我阿爸手枪时的态度完全不一样。尽管他讲到有些地方我跟三妹会笑出来,但更多的时候我们都很沉默。听完了以后,是难过?

164

酸楚？还是啥？一言两语说不清，但类似的感觉我也有过。

大家都不响。

片刻后，三妹说："还好，你没弹你阿爸。"

"我弹得太快，没啥瞄准。"

"啥人不晓得你毛豆子眼货好？子弹啥时候打偏掉过？"不用多想，我又说，"就算子弹是用纸头做的，毛豆子也不会弹他阿爸。"我这样讲完全有把握。

"就你晓得。"毛豆子的声音冷冰冰的。

我当然晓得，毛豆子气管气，良心一直蛮好，真要叫他用弹弓弹老樊，他肯定不会。就像他的口头禅："不管哪能，有些事情做不出来。"好在老樊似乎认识到了自己的错误，对儿子的态度完全改变了，变得十分温和，毛豆子就像是换了一个阿爸。毛豆子对老樊的态度不是一下子改得了的，能怪毛豆子吗？这许多年，他的怨气积了不要太多！我跟三妹始终想不通，老樊的态度为啥突然之间就变了？对毛豆子温和得不得了，但感觉相当不自然，这里面会不会有啥原因？只是不管怎样，毛豆子阿爸能改变，对毛豆子来讲总归是好事情，毛豆子终于可以不用再受罪。

夜已经深了。汽车间大灯换成了夜灯，从灶披间的玻璃上隐约泛出一点光来，很像瞌睡的人困得快要睁不开眼睛。楼里的人家也大都熄了灯。月光正好照亮我们，让我们在这黑漆漆的夜里看得到彼此。

夜里的气温比白天低了一点，"秋老虎"留了一个尾巴，感觉还是有些闷热。

三妹说："蛮晚了。"

"进房间一下子睡不着。"我回。

毛豆子"嗯"了一声，表示赞同。

"小妹，你阿爸蛮忙的，有一阵子没回来了。"三妹似乎只是想讲点什么，提起我阿爸。

"姆妈讲，过两个礼拜就回来了。"

"是吧，你阿爸回来开心吧？"

"没啥开心不开心的。我随便，习惯了。"

毛豆子听着，没响。

"你阿爸会开枪吧？"

"会的。"

"眼货准吧？"

"不晓得呀！应该可以吧。"

"有毛豆子的眼货就没问题。"

"无聊吧？"毛豆子说。

"眼货多少重要！要是不好会有危险的！"

"三妹，你触霉头啊！"我提醒三妹不要瞎讲，又问她，"你做啥盯牢我阿爸？"

"不是我盯牢你阿爸，是我觉得你蛮做作的，明明晓得我阿爸不回来，你也不问我。大概我家的事情你都晓得了是吧？"

"我晓得啥？"

"不晓得，又不问我，正常吧？"三妹推理得蛮到位，"我们还是邻居加朋友？在你小妹眼里，我是憨大对吧？"

"三妹你不要瞎讲。我不清楚你屋里的事情，听你这样讲，大概你不大开心。小妹就算晓得啥，没当你面体提起，也是不想让你不适意。"毛豆子插进来讲。

"我是晓得一点。"我说。又问三妹："那你阿爸还回来吧？"

三妹轻轻叹口气，"阿爸跟我偷偷打过电话，他讲想回来，但是姆妈生气，不让他回来。"

"搞死掉了！都是你阿爸平常照顾你跟你姆妈太好，你姆妈一下子受不了。"毛豆子说，"我想不出你屋里会有啥大事情？做啥弄得这样复杂？"

"有时候就是这样子，有些事情本来蛮小，但是弄法弄法，就搞大了。"

听三妹这么说，毛豆子大概想到了自己家的事情，不作声了。

我马上说："毛豆子讲得对！没啥大事情，不要弄得太复杂，太当桩事情。简单一点，你明朝就跟你阿爸打电话，叫他直接回来，保准你姆妈开心。"

"我姆妈讲，阿爸敢回来，肯定打死他！"

我笑出来，三妹也笑了。毛豆子笑了笑，没出声，随后说："三妹家本来就没啥大事情，过得蛮好。"

话讲到这里，效果不错，不适宜再多讲啥。当然，如果毛豆子能吹一曲口琴，就更好了。月光下今夜如此宁静温柔，大家都可以睡得安稳一些。

我跟三妹、毛豆子讲了不少我在外婆家的生活。但是，四年的时间不算短，其间发生了那么多的事情，哪里能讲得完？更何况比起讲不完，更多的是时常讲不清楚。回来后，只要停下来发呆，外婆和姑婆的身影就老是在面前晃动，过去的生活也会像放电影一样不停地闪过。生活过和没生活过就是不一样，在外婆家过的日子不但跟在自己家时完全不同，更像是体验了另一种本来不属于我的生活。去了外婆家四年后回来，一切都大不同了，能明显地感觉到周围的变化。但假如当初留在家生活，是不是过得还跟从前差不多？或者另有一番光景？我想象长福路边上有条河，几年过去，河还是那条河，河水似乎也没啥变化，而实际上，河水是随着时间不断地流动的，河水早就换了一波又一波，只是长福路的人察觉不到而已。所以，不管是在原来的地方过日子，还是换了地方，或者又回到原来的地方，只要身在其中，过的就是自己的日子，不管你有没有明显的感觉，所过的日子都是实实在在的，替换不掉。我终于明白，作文里

月下三少年

我们是我们是我们的坐骑

一点摇撼

向着深深冷静的洞口

有声响　听得见

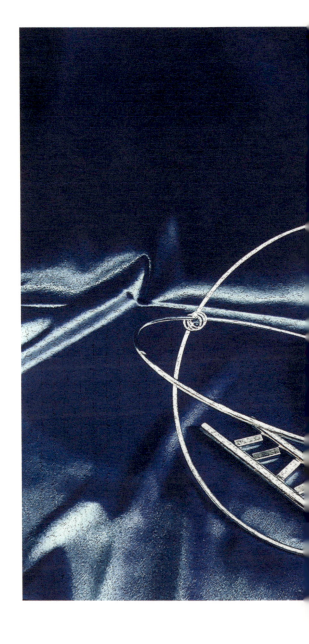

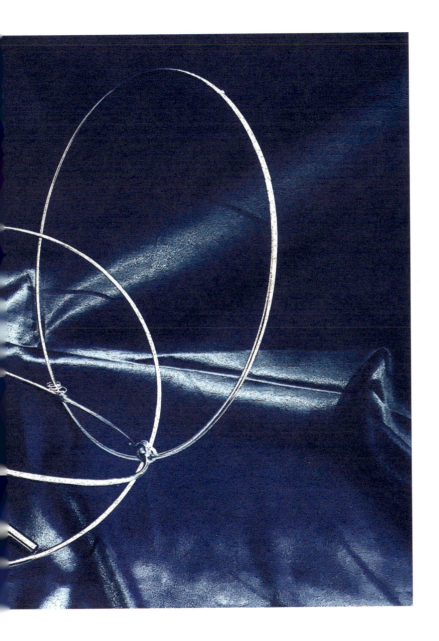

材料：蓝布1块　铁圈3个　细绳若干　不锈钢吸管2根　订书钉7组

枯燥的"时间地点人物"三要素在真实世界里，以不同的变化和组合，会衍生出各种各样的故事来。

在青西路小学读书，刚开始的一段时间里我没跟班里的谁走得很近。一来同学之间很熟，我是转校来的，和他们很陌生；二来我总是不自觉地拿现在的同学和美珍做比较，感觉还没碰到合适的。只是，我没想到后来会跟刘巧英成为了好朋友。

刘巧英坐在我后头，我没事一般不回头跟她讲话。各个组每个礼拜都要移动一下座位。有时候角度关系，刘巧英被我挡住，看不到黑板上的字，就敲敲我，要我让开一点。我一开始会让她，次数多了就觉得她事多。我也会被前面的同学挡住视线，一般调整一下也就过去了，不愿意打扰别人。刘巧英不管，老是在后面敲我。下课后，我跟她理论，她倒不生气，还向我道歉，并保证以后多注意。看她态度好，我也就不计较了。她上课不再烦我，下课老是喊我一道去厕所，我不去，就吓唬我："万一上课的时候想去呢？"我只好去。后来不管做啥，她都要拉着我，下个楼，她也要说"走，一道下去"。有天放学，非要让我去她家玩。她家不远，就在青西路上，走个几分钟就到。

我们在一个弄堂口站住，刘巧英指指上面说："上头就是我家。"没想到，刘巧英住的是过街楼。楼下弄堂口的墙边是她家狭长的简易厨房，一看就是自己搭的，两三平方米左右。对着厨房口有一架漏空的木梯，斜插到二楼，刘巧英噌噌几下就跑了上去，掀开一块顶板，上到楼上。我看傻了。刘巧英站在上面喊我上去。房门在地板上，从下面顶开来上去，蛮有劲的！有点像电影《地道战》里的感觉，只不过这里是在地面上钻上钻下。

刘巧英家的房间不是很宽敞，但东西摆放得井井有条，再多两个人活动也不觉得拥挤。在我眼里她的家简直算得上威武，房间直接凌驾于整个弄堂口之上。东西两面都有窗户，房间的光线很足。从西面的窗口望出去，弄堂里伸出的许多晾衣杆上"彩旗"飘舞，下面是进进出出的人。我阿爸要是正好执行任务，一定会认为刘巧英家是个绝佳的观察点。我又趴到东面的窗口，看马路上人来人往。这跟外婆家不同，从外婆家南面的窗口望出去，因为楼层高，可以看到很多房顶，房顶的穷尽处连着天际，满是无垠的蓝天和白云；夜晚看到的则是万家灯火和夜空中闪闪烁烁的群星。刘巧英家在二楼，树叶挡住了天空，往下看才有意思。这是青西路的一小段，行人就像从眼皮子底下通过，我连他们的表情都看得很清楚。有个中年男人拎了点心或是水果，很快地走过，大概是急着去见什么人；几个学生边吃雪糕边讲着闲话，笃悠悠地在上街沿漫步；还有一个上了年纪的女人可能有啥烦心事，两条眉毛都快要皱到一道去了。路过的人真不少，没断过。我从来没从这个角度看行人，蛮新鲜的。这些来来去去的人里面或许会有我同学的阿爸姆妈？我阿爸会不会混在里面，没被我发觉？外婆和姑婆整天忙，不会有空出来荡马路。李一红更加不会出现在这里，除非她来我家里玩，否则不大可能跑到这个地方来。我觉得刘巧英家蛮适合我住的，每天这样看外面多有意思！不过话又说回来，我家要真是在这里，我就不可能认得三妹和毛豆子了。就算他们现在从下面走过，我注意到了他们，很快也就没了印象吧？他们开心还是不开心，就更加不晓得了。人生活的地方其实不大，认得的人、晓得的事情也不多。

随着一阵上楼的脚步声，刘巧英从地板上的"门口"冒上来，手里还端着两碗赤豆莲心汤。"来吃点心！"我赶紧帮忙端过她手里的碗。

我们两个坐到西面的窗户下面对面吃赤豆莲心汤。刘巧英在汤里还放了几片年糕。

"你家真好，我欢喜。"我诚心诚意讲。

"就是太吵。"

"吵倒还好。"

"你不晓得，这沿马路的车子声跟脚踏车铃声到了夜里听起来更加吵。"

"是吧？"我想是不是很吵，刘巧英最有发言权。

"你住在啥地方？"刘巧英问。

"我就住在学堂的那条长弄堂里。"

"哦。"刘巧英听了没再问下去。

我就讲:"哪天你也去我家玩。"

"好的。"

一天放学,我邀刘巧英去我家。天有点热,在路上我请她到弄堂外面吃橘子水。吃好,瓶退掉,人适意多了,两个人回到弄堂里又走了一段,就到了9号楼。

我以为刘巧英看到第一眼会讲弄堂里安静,没想到她讲:"哟,你果真住的是洋房!蛮高档的。"

我愣住了,我从来没听到过住在这里的人这样讲,抱怨的话倒是听得不少。

"是吧?进去你就晓得了,里面住的人家多,挤得不得了!"我带刘巧英进到楼里,随后又进了房间。

我家房间看上去是方形的,并不比她家长方形的房间大。她没说啥,只是走近两边的玻璃壁橱多看了几眼,又盯着人字格地板,说:"地板蛮嗲,亮得不得了!"

我只好讲:"每隔几个月,公家会来统一打蜡。前两天刚刚打过。"

"是吧?"刘巧英蛮羡慕的。

她从房间里出来,又在楼里东看西看,最后下到小花园。"太谦虚了,正宗花园洋房啊!不是英式就是法式。高级高级!"

我被她讲得蛮尴尬的,好像整个小洋楼都是我家的。我马

172

上解释："这是外表。楼不大的,住了蛮多人家。"我再次强调楼里的住户多。刘巧英似乎听不进,还在看来看去。我又讲:"楼里的邻居都说,只有汽车间最像小洋楼,独门独户。"我指了指毛豆子家。

刘巧英朝毛豆子家看过去,说:"哟!还带汽车间。汽车间也气派!过街楼不能比。"

在刘巧英看来,这里的一切都好得一塌糊涂。我想到鼻涕虫事件。好在毛豆子家的阴沟被老樊用水泥封掉了。我没对刘巧英说这些,没经历过,想必也不会太当回事。

刘巧英来过我家后,就没再来,她也没再叫我去她家。我不以为意,反正都去过对方家了,兴趣自然不大了。三妹的同学琪琪倒是来了好多次,每次来都跟三妹玩得蛮开心,有时候还留下来吃饭。

在学校里,我跟刘巧英好像还是老样子,一道上厕所,一道下楼,当然也讲讲闲话。跟先前不一样的是,她讲话的腔调变得有点怪,听上去酸溜溜的。本来不敲我后背了,现在居然又开始了,敲得一次比一次痛。

下课后,我责问她:"你有毛病啊?穷敲八敲做啥?我敲你好吧?"我往她身上敲了几记。

"痛死啦!"刘巧英表情夸张。

"叫你敲,叫你敲!"我继续敲。

"晓得了，不敲你了。"刘巧英讨饶。

吵闹一番后，好像发泄了一通，两个人的相处又回到了一些之前的状态。

我把我跟刘巧英之间的事情讲给三妹听，三妹说："她嫉妒你住洋房。"

我对三妹喊："嫉妒？楼一点点大，住的人家不少，这洋房有啥好？我倒觉得过街楼蛮好，每天看街景，各种各样的人在眼皮子底下走来走去。"

"你觉得过街楼好，在刘巧英看来，她的家就像弄堂的阁楼，没啥好。而且吵得不得了。"

"这倒是，她讲过她家周围吵。"

"还有，她家用的是马桶对吧？"

"是的。"我说。

"你晓得吧，用马桶的人家每天一早就要拎了马桶出去，用钩子勾起阴沟盖头，倒好马桶还要刷清爽。多少不方便！"

三妹讲的时候，我想象了一番，光是从"门"里拎出来走下楼梯就不容易。我似乎对刘巧英的心情理解了一点。

三妹又讲："你要是一直在过街楼里过日子，也会跟刘巧英一样不想住过街楼的。"

我点点头："你讲得有道理。但是，不管哪能，我还是觉得刘巧英跟美珍比差远了。"

"美珍不嫉妒你，你觉得美珍好。你和美珍住的都是新村公房，差不多的，有啥好比？"

"美珍人好，住过街楼也不会嫉妒的。"

我还想到10号姆妈，感觉她也不会嫉妒别人。我在10号姆妈的小房间里，没听到她抱怨一句小房间小或者吵，更没听到她讲我家房间比她的大得多、住得舒服什么的。可惜10号姆妈走了，二楼走廊冷冷清清的。还有外婆楼下洗染店的大姐姐也是蛮好的人，应该也不会说酸溜溜的话……这些我只是在心里想，没对三妹说出来。

"或许是这样。"三妹点头同意，又说："人跟人没有一式一样的，刘巧英不是美珍，是不能用美珍来要求她的。再讲，美珍大度，就一定不会嫉妒？有时候，没进到一个环境里是不晓得一个人会哪能做的。"三妹也许是想到了自家的那些事。

我觉得三妹的话似乎也对，但又感觉有些不那么舒畅。反正我既不觉得刘巧英哪里特别好，也不觉得她哪里特别不好。刘巧英坐在我后头敲我，让我很反感，好在我说过她后，她也会改，虽然有时还会再犯。在我看来，刘巧英不算很好，但也不能算坏，她端了赤豆莲心汤来给我的时候，我感觉真的很温暖。

杨拍拍我，"三妹没看到过美珍，只是听你讲，你觉得美珍很好，她或许会觉得美珍不一定完全像你讲的那样。再说，你们那个时候都还小，随着长大，人也是一直在变的。"

"美珍只会越变越好。"

"我相信。"

"也不晓得美珍现在哪能了？"

杨没吭声。

"在外婆家读书前，我根本不晓得会和一个叫美珍的女孩做同学，并成为好朋友。我俩很要好，以为好朋友可以一直做下去。结果呢，我又回来读书了，跟美珍完全断了联系……"

"等你再大点，可以去看她。"

"讲是这么讲。我跟美珍长远不见，读书、生活都是各归各，总归遗憾。"

"是呀，你去外婆家，跟三妹、毛豆子也疏远了，如果不回来，也许就彻底陌生了。"

"来来去去由不得自己。"

"是呀！不管好还是坏，或者根本谈不上好坏，过过的日子有些会变成故事，留在记忆里。哪天想起来，心里感觉蛮充实的，不会空落落。"

"嗯，这样讲起来，等到长成大人，无数的日子一路过过来，故事肯定多得不得了对吧？"我讲，自己先笑起来，杨也笑，还说"对对对"。

时间就这么一点一滴地在流淌，一切仿佛都还是原来的样子。秋去冬来，回过头去看，才发觉时间过得真快，在不知不觉中很多都已经有了改变。

我和刘巧英还是做着朋友。我不再用美珍的标准来要求她，相处起来就自在多了。当然，这一点也离不开刘巧英的随性。忘了从什么时候起，刘巧英大概已经习惯，不再在意我住"洋房"，来我家的次数多了起来。我也经常去她家，我本来就喜欢她家的过街楼。上下楼时，我几乎跟她一样快速，熟练地将"门"推上去，掀开来。学校布置的作业不多，不管在谁家，我们都一起做作业，刘巧英有不清楚的地方会问我。我们很快就可以把作业做完，然后都是玩的时间。我最开心的是吃她做的点心。刘巧英手很巧，有时候做绿豆百合汤，会把像大蒜头一样的百合一片片剥开，掐掉上面的枯尖尖，连带着撕掉百合上的那一层薄衣。不放百合的话，会挖几勺凉的糯米饭到绿豆汤里，又是另一种滋味了。她还说："过年来吃芝麻小汤圆。馅子只有姆妈会做，我会搓成小团，放到糯米粉里滚。圆子熟了就变透明了，看得到馅子。"刘巧英讲的时候，我想象小圆子晶莹剔透、清香美味，真想立即就吃上一口。当然我也很快想起我姆妈做的大得像大人拳头那样的菜圆子，我想象不出刘巧英家的芝麻小汤圆到底小到啥程度。

我和刘巧英一边吃点心一边讲讲闲话。有时看着弄堂里或者街上来来往往的人，不知不觉就会出神，脑子里还会冒出些奇怪的念头和想法。如果刘巧英问我，我根本就讲不清楚。

"我俩高中毕业，最好进一个单位上班。"刘巧英的话和她的小勺子在碗里碰出的声响把我从游离状态中拉了回来。

"好呀！"我说。

我跟刘巧英相处久了，对她也越来越了解，将来做同事也没有什么不好的。

这天，三妹姆妈告诉我姆妈，粮油店来了十八块二的大米。我姆妈特别讲究大米的口感，十八块二差不多就是最贵的大米了，基本上是当年产的新米。所以一听到三妹姆妈讲，蛮开心，马上就想去买一点。但是姆妈炉子上正烧东西走不开，就问我："买米会吧？"

我说："会的。"

家附近的粮油店就在长福路跟小鸿路的交叉口，店面像把扇子，呈圆弧型。我路过的时候经常跑进去看人家买米。柜台里系着白围裙、戴着白袖套的营业员先调节好秤砣，再开闸将米仓里的米徐徐放入巨大的木斗里过秤，随后，喊一声"接好"，听到回音，米就从朝向柜台外的小口里流出来，买米人会用布袋子接住，然后用绳子将袋口扎牢后拎走。我很欢喜听放米的声音。粮油店卖米、油和一些酱之类，还卖面粉、切面、馄饨皮和饺子皮等，那些切面什么的一律被放在长方形木托盘里，上面还盖了原色的粗布。

姆妈看看我，又问："十斤米拿得动吧？"

我想到弄堂里的小毛头二十来斤，我也能抱起来，十斤米有啥问题？就说"拿得动"。姆妈将购粮证、粮票、钞票和米袋交到我手上，叮嘱我"过马路小心"。

我很快买好了米，用麻绳将袋口扎牢。我拎了拎，这么沉？我吃力地将米袋挪到店外。我屏住气，想一下用力扛到肩上，像步行过来买米的人那样。但我尝试了几次都失败了。没办法，我只好拖着往回走，反正路也不算远。走到一半，袋子被什么东西钩了一下，破了，米从洞里流出来。我用手将地上的米捧起来倒回洞口再拖。米还是流了一路。想到回去肯定要被姆妈讲，我真是心烦。我停在路上看着米袋想，我就是姆妈的一只包袱吧？她每天上班，做家务，最满意的是她讲啥我就听啥，要我做啥我就做啥，这样她就能省点力。哎！我最好快点长大，至少买了米能扛得动。我看着破了洞的米袋，越想越气。

正准备过马路，刘巧英过来了。"你姆妈讲你出来买米，就要回来了，要我等一歇。我想，还不如出来迎迎你。"她说，"袋袋破掉了？"刘巧英看到了破洞。

"啥人晓得！一道抬回去算了！"我没好气地说。

"先等一等。你看好米，不要动。"刘巧英顺着流出来的米走到尽头，掏出手帕摊在地上，然后用手将地上的米捧到手帕上，又一路过来。

到了我跟前，她把手帕对角扎紧，说："先放在我袋袋里。"然后揪牢破洞，跟我一道拎了回去。

姆妈看到破洞，刚要讲我，刘巧英对我姆妈说："苏曼姆妈，是我不当心，一道拎的时候袋袋钩了一下。"又掏出手帕包着的米递给我姆妈，"这是漏出来的米，我拾起来了。"

姆妈听刘巧英这样说，接过米，看了看我，不好说什么，就讲："是吧，破了就破了。你们玩去吧！"

我蛮感激刘巧英，倒不单单是她帮我遮掩过去，还有，她一路捧起米走过来的样子蛮打动我的。

我想起三妹的一句话，意思是：有时候进到一个环境里才晓得一个人会怎么做。要不是米袋破掉，刘巧英又正好来找我，就不会有这一幕。看来碰到不称心的事未必就一定不好，或许会有意想不到的发现。这一天，我就对刘巧英有了新的发现。

我想快点把我和刘巧英之间的事讲给三妹听，而三妹满脑子都是她家的事，不等我开口，她就讲："我阿爸回来了！我姆妈的确没赶他走。"

"蛮好。"我感觉我的口气蛮像居委会主任的。

三妹拍了我一下，"死样怪气！"然后哈哈大笑。

我也笑。三妹终于开心了，我也为她开心。

我跟三妹提起刘巧英，三妹说："刘巧英就是刘巧英，不是你，不是我，也不是琪琪，对吧？她有她自己的做法跟风格。做朋友，主要是合得来。”

"是呀！"我说。三妹比我大两岁，讲的就是到位。

"你阿爸哪一天回来？"三妹问。

"不晓得呀，大概下个礼拜。"我这是听姆妈讲的。

"你好像不起劲。"三妹说，"我阿爸回来我不要太开心！姆妈表面上不大睬阿爸，但实际上比我还开心。"

"你阿爸回来，你跟你姆妈日子好过得不得了。"我又讲我阿爸，"我阿爸回不回来，啥时候回来，又不会征求我的意见。再讲，他回来了也不会帮姆妈买菜烧饭。"我叹了一口气，"回来后，还不晓得会哪能呢？"

"至少你阿爸好带你去看电影、买好吃的，对吧？"

"嗯，这倒是。"三妹这句话我听得进。

我阿爸回来的时间一变再变，好像有执行不完的任务。快到过年，他终于回来了。

他看到我头一句就是："小曼又长高了。"

阿爸的普通话不标准，长远没听到，猛地来一句，听了蛮别扭的。阿爸还摸摸我的头，我一时感觉是哪里来的爷叔。

阿爸大概自己也感觉到了，就去把云片糕、苔条酥和大白兔奶糖掏出来摆到我面前，"都是好吃的，自己随便拿。"

姆妈看到奶糖，剥了一颗到自己嘴里，点了点我脑门，"少吃点，蛀牙。"

我阿爸不像三妹阿爸会做家务，姆妈叫他帮忙，阿爸做不大来，但他还是做的。做得不好，姆妈就会埋怨他，要么讲阿爸被单洗得不清爽，要么就讲菜买得太老。最后她还是自己做。

阿爸很不高兴，"做也不是，不做也不是！"说着两个人就吵起来，时常吵得停不下来。

姆妈做事情吃力，越加不开心，跟阿爸更是要吵。有时候三妹的姆妈阿爸过来打圆场，我姆妈阿爸不好意思再吵下去，也就不了了之。

我常常想，又没啥大不了的事情，为啥要吵来吵去？

三妹讲："你阿爸姆妈吵吵嘴巴不代表他们关系破裂。之所以这样，主要是你阿爸出差太多，一家人老是分开。"

想想也是。据我观察，姆妈不开心跟阿爸争吵，不会吵到不可收拾的地步，就像吹洋泡泡，吹到快要爆掉，马上刹牢，洋泡泡看上去还是圆滚滚的，完好无损。再过些日子就要过年了，他们两个更是克制着不怎么吵了，都尽量表现出好脾气的一面来。我家不是三妹家，我不能用三妹家来做标准。还是那句话，一个人一个样，家庭也是的。不管哪能，我和阿爸姆妈在一道过日子，至少是个完整的家。

快到年末，整幢楼比起往日多了一份活跃，邻居间寒暄不断。

三妹阿爸拎了鱼进了灶披间，三妹姆妈跟在后头，清脆的

182

声音到处飘荡："有大黄鱼，小妹姆妈。快点去买，排队蛮长的。还是早点买好算了！要不然大黄鱼卖光，花式票就等于普通票了，只好买带鱼，可惜吧？"

"好好，我马上就去。"我姆妈回三妹姆妈。又像是在跟自己说："顺便把冰蛋跟鲜蛋都买掉，再买点肉糜，早点把蛋饺做好。"她朝向我："你先去菜场排队，我一会儿就过去。"

我答应一声正要去，楼上亭子间新搬来的成成姆妈抱着不到一岁的小毛头从楼上下来，对着我代表小毛头讲："小姐姐你好，我是成成，过好年就一岁了。"

成成皮肤雪白，像成成姆妈。我一边跟成成玩一边看成成姆妈。成成姆妈真漂亮，没做电影明星可惜了！尤其看到下楼来的成成阿爸，我更加为成成姆妈可惜。成成阿爸眼睛小，不过笑起来倒蛮和蔼的，看得出他对成成姆妈跟成成呵护有加。

我想到10号姆妈，不晓得她怎么样了？还有外婆家楼下洗染店的大姐姐。想到大姐姐，我好像被触碰到了痛处。她和10号姆妈都是我心中美好的人，但愿她们都能像成成姆妈这样过得好。

我还是蛮盼望过年的，这是我回来的第一个新年，我要跟三妹、毛豆子一道放炮仗。

三妹问我："你放过炮仗吧？"

"在外婆家我跟小舅、姨父还有阿哥他们一道放过，点火不是我。"

"等于没放过。"三妹笑话我。

"意思有了就可以了。"我讲,"今年有我们两个人的阿爸,还有毛豆子。轮不到我们两个人点火。"

"这倒是的。我跟你负责捂牢耳朵就可以了。"

原来三妹也不敢点火。真是彼此彼此!我们起劲地拿对方寻开心。

"哎?楼里蛮热闹,汽车间倒安静,不像要过年的样子。"三妹讲。又问:"毛豆子跟他阿爸会不会去他姆妈那里过年?"

"不晓得呀!"我也纳闷,毛豆子像躲起来了一样。乘风凉结束,我、三妹跟毛豆子也会经常串门,去弄堂里玩,但明显不像乘风凉那阵子在一起的时间多。要过年了,连人影子也不见了。

"毛豆子家年货不晓得买了没有?"我说。

三妹心领神会,"走,问问他去!"

我跟三妹去敲毛豆子房门,还喊他。没人开门。听一听,没啥声音。

"跑到浦东去的可能性蛮大。"三妹讲。

"去浦东是好事情呀!"

"嗯。但愿毛豆子一家能多在一道。"

我跟三妹想的一样:"是呀,这样就最好。"不过,想到马上就要过年,毛豆子不在,还是有点失落,"毛豆子炮仗不放了?"

"啥人晓得呢!"三妹大概也觉得失落,过了一歇又讲,"他姆妈带着他阿妹来倒还是来,就是不见他们一家人住到一道。"

"我也在想这个问题。"这句话讲出来,我感觉自己长大了不少。"现在也许住到一道了。"我说。

"但愿如此。"三妹又说,"不晓得他啥时候回来?也没讲一声。"

"大概来不及讲。"我想到我几年前突然上不了幼儿园,马上就被带到了外婆家。

三妹不大能体会这一点,也就没顺着我的话再往下讲,而是说:"我们每天来敲敲门,实在不在家,就等他回来再讲。不可能一直不回来吧?"

我只好点点头,看来,跟毛豆子一道放炮仗要泡汤。至于我啥时候去外婆家,我问过姆妈,姆妈只说再讲。我本来想得蛮好,去外婆家可以带各式各样的馒头回来,请毛豆子跟三妹吃。没办法,有些事情讲不定,更不可能跟自己想得一模一样。

小年夜,汽车间的灯亮了。毛豆子和老樊没去浦东过年。我跟三妹吃好晚饭就准备去敲毛豆子家的门。不想被大人晓得,我俩轻手轻脚,穿过小花园到了汽车间。刚要敲门,听到里面隐隐有哭声。啥人在哭?我跟三妹一惊,对看一眼,虽然看不清对方的表情。

"不搓了好吧？一块小毛巾，搓了半个多钟头了……手上的皮洗脱掉哪能办？"

老樊一边抽泣一边讲。

我听到蛮惊讶！毛豆子碰到了啥难事过不过去，心情很不好，老樊担心得不得了。三妹应该也是这种感觉。我俩没响，怕里面听见。三妹看着我，大概跟我一样犹豫，要不要敲门？

里面又传出老樊的声音，压得低低的。"我晓得你的心思，"迟疑了一会儿，他接着说，"三妹、小妹的家都蛮齐整的，偏偏我们家缺一半。"叹了口气，"有啥办法？回不到过去了。"老樊的哭声听上去压抑得很。

我鼻头发酸，感觉三妹也蛮难过的。

"都怪我！好好一个家被我搞坏掉！是我脑子进水了！"老樊情绪激动起来，好像在敲自己的脑袋。"我要是还能做点啥，肯定拼了命也会去做！"

急人啊！我真担心老樊把头敲破掉。毛豆子的心情也可想而知。

老樊的哭声有点控制不住，"现在不是你要你姆妈跟阿妹回来，她们就回得来的！"老樊的声音近似乞求了，"你要想见还是可以经常见到她们的。这还不行啊？"

我听了快要哭出来，跟三妹就差敲门了。但是，敲门的话，等于让他们晓得我跟三妹听到了这一切。想必毛豆子跟老樊都

186

不愿意吧？我俩没敲门。三妹拉拉我，我领会她的意思：不好再听下去。于是，悄悄撤退。

夜里，时不时传来几声炮仗声，我睡不着。如果不说是小年夜，这炮仗声听着会显得突兀，好像硬是要将再平常不过的夜晚搞得喧哗热闹。因为毛豆子家的事，炮仗声一响，我就不由自主地跟着紧张，真怕会突然发生点什么。老樊的哭声和他的那番话老是在我脑子里回响。再想想毛豆子，真是让人揪心！一块小毛巾毛豆子竟然搓了半个多钟头！他一定是心里太难过，但又不想说出来？他应该想了很多很多吧！哎，他家房间里的水斗偏偏装在朝弄堂一头房门的左面，对着一堵墙不断地搓毛巾，真真是压抑！要是右面的窗开在水斗上方就好了，搓的时候看看弄堂里的风景，心情或许能舒畅一些，说不定可以看开一点。我想到曾经躺在地铺上仰望着的那片"星空"，真希望毛豆子也能拥有。

早上就是年三十了。没看到毛豆子跟老樊出门。全楼的人家都开始过年，大家进进出出的，碰到后不断寒暄问好，9号楼比起平时热闹了不少。想到前一天小年夜毛豆子家的情况，我跟三妹商量后没去找毛豆子玩。毛豆子跟他阿爸心情都不好，毛豆子应该不太想出来。我跟三妹还担心叫了毛豆子出来，而他或许不想表露出不开心，以致心里更加憋屈。

除夕之夜，没有在外婆家的时候热闹。吃好年夜饭，我家和三妹家一起到楼前放炮仗。毛豆子家的灯光亮着，我跟三妹没去喊毛豆子出来。我阿爸跟三妹阿爸一道放了五百响。我姆妈没兴趣，想休息休息。三妹姆妈蛮起劲的，满面笑容。我看着她想，我姆妈要是笑得开心，应该也会显得更年轻漂亮一点。可惜我姆妈不是三妹姆妈，我家跟三妹家不一样。三妹蛮开心的，我还好。

不晓得啥原因，我姆妈说过年先不去外婆家了，等过完年再讲。我就问姆妈馒头哪能办，姆妈说外婆家今年没做馒头。我听了蛮失望的。本来想着过年从外婆家带点馒头回来给毛豆子吃，说不定他能开心一点。既然不如我所想，也只好作罢。

大年初一，姆妈烧了一锅赤豆红枣年糕汤，盛出一大碗叫我给毛豆子家送去。还随口说了一句："怎么没看到毛豆子跟老樊出来？"

我连忙端过碗就去叫三妹。三妹也拿了花生和新疆葡萄干各一包，跟我一道去敲门。

老樊开的门。我们向老樊问候一声"毛豆子阿爸新年好"，就把手里的东西递给他。老樊接过去后，勉强笑一笑："回去谢谢你们阿爸姆妈。"随后朝房间里看一眼，说"毛豆子在睡懒觉"。

我跟三妹点点头，答应一声离开了。

我俩转到弄堂里。

三妹说："事情蛮严重的。"

"嗯，老樊一看就心情不好，笑得多少勉强。"

"毛豆子也没睡好。"

"是呀！"

"毛豆子就想要他姆妈跟阿妹回来，但是老樊讲：'只要还能做点啥，肯定会去做。'他应该是有苦衷的。事情就卡在这里。"

我点点头。

"哎！这种事情外人想帮忙也帮不了。"

"就是讲呀！"我也只好叹气。

"我有种感觉，毛豆子家的事情不仅是我俩刚好听到的这些。"三妹停顿一下，"就算一家四口生活到了一道，事情就都解决了？一定过得好？要晓得，他们原先就是一家四口，为啥会分开呢？再讲，隔了这许多年……"三妹想的比较多，又说，"也不晓得毛豆子姆妈还是不是单身？"

"嗯，你分析得全面！"我连连点头，"毛豆子姆妈跟毛豆子他们长远都不来往，为啥突然就走动起来了？你讲怪吧？要是毛豆子姆妈已经另有家庭，这记彻底没希望了！"

"倒还不如不走动。"三妹又叹气道，"这里面问题太多！绕来绕去的。"

我跟三妹聊毛豆子的这些家事，有多少是我们真正清楚的？恐怕连毛豆子自己都未必搞得清楚。毛豆子也真是苦！不是他造成的结果，却要他来承担。

整个过年我跟三妹一直注意着毛豆子家的动静。直到过完年，毛豆子不要讲到弄堂里来玩，连出来照个面都没有，像失踪了一样。当然他出来一下，我跟三妹没看到也是有可能的。毛豆子这点年纪所承受的比我跟三妹能想象的要多得多，我们比他还小，不晓得怎样才能帮到他。我和三妹决定还是含蓄一点，轮流到楼口"站岗"。

　　毛豆子出来了，手里还拎了一只菜篮头。三妹赶紧叫了我一道跟上去。毛豆子没回头，"你们跟牢我做啥？"他说。

　　我马上讲："过年睡懒觉，现在倒拎只篮头。去买菜啊？"

　　"晓得还问啥？"毛豆子的语气冷冷的。

　　三妹想晓得为啥是毛豆子去买菜，干脆问："菜不都是你阿爸买的吗？他放心你买啊？"

　　毛豆子听出三妹的意思，只讲："他现在顾不得了。"

　　"哪能了？"我追问。

　　毛豆子脚步一直没停，我和三妹紧紧跟着。沉默过后，毛豆子说："阿爸生毛病了。"

　　"什么？"我跟三妹都没想到。我俩走在他身后，看不到他的表情。

　　"要不要去医院啊？"三妹问。

　　"用不着。阿爸讲，吃点维生素 C 就可以了。我不适意，阿爸也给我吃维生素 C，效果蛮好。"

"是吧？"我想到外婆楼下药房的"医生"，每天都有人向他买些感冒发烧之类的药，他总是会报出药名，然后讲解药的服用方法。我不记得"医生"是否配过维生素C给需要吃药的病人。维生素C应该吃不坏，只要不吃过量。我的注意力从维生素C上转移开。"啥毛病啊？"我还是想晓得老樊的毛病。要是真有啥毛病，单靠吃维生素C肯定不行。

"不要瞎问。"毛豆子不想讲。

三妹拉了拉我。

"没啥大毛病。大概心里太闷，多休息就会好。"毛豆子看我和三妹还跟着，就讲。

"嗯，你阿爸是应该多休息休息，可能操心得多了一点。"我马上接他的话说。

三妹也讲："你阿爸总算做得像阿爸了，对你好起来，跟过去完全不一样了。现在生毛病，你应该买菜给他吃。"

毛豆子想也没想，就说："就算是过去，他生毛病买不了菜，我还是会去买的。不可能不照顾他。"停了一下，又讲了那句口头禅："不管哪能，有些事情做不出来。"说完，步伐有力，头也不回，径直往弄堂口去。

我跟三妹望着毛豆子瘦瘦的身影消失在弄堂口，总感觉毛豆子不是去买菜，而是去做一件很重大的事情，他的口头禅也不仅仅是口头禅，听上去蛮像宣誓时的誓言。

三妹对着弄堂口说："毛豆子不需要同情，需要理解。"

"我们不打扰他就是理解对吧？"

三妹点点头，"人有些隐衷即使跟朋友也没办法讲。"

"嗯。"如果不是碰到毛豆子这件事，我是不大能明白这一点的。以前我总以为，有些难过的事不说出来，是因为没有碰到能理解的朋友。

我跟三妹沉默许久，没再讲啥，心意却更加相通。

夜里，我没有马上睡着。杨问我："在想毛豆子的事？"

"白天想明白了，为啥现在又去想？是不是夜里太安静了，必要想点啥才好？或许是因为毛豆子家的事情还在那里。"

"哪有那么快？你太心急了。"杨说。

"老樊不再打骂毛豆子，毛豆子姆妈跟阿妹也时常过来，本来蛮好，为啥老樊整天对着儿子陪笑脸，讲话低声下气的，总觉得不自然。毛豆子呢，对老樊始终没好气，态度老是横三横四。"说完，停顿了一下，"老樊生了毛病，毛豆子对他的说话态度会不会变得好一点？"我想象不出毛豆子对老樊态度变好会是啥样子？就说对我跟三妹吧，有些时候，毛豆子的语气也会冷冰冰的，这实在是因为他心情不好，不是存心要针对我俩。

"应该会吧？"杨说，"毛豆子也在长大。"

"嗯，但愿老樊毛病快点好！但愿他往后对毛豆子一直诚心诚意好下去。毛豆子过得舒心、开心最重要。"

"你讲得对！我们要相信这一点。"杨说。

"我记得在小花园乘风凉的时候，毛豆子讲过，等长大了，不想日子再过得太憋屈。他要出走，去当海员，在大海上乘风破浪！"

"像毛豆子的想法！"杨说，语气蛮兴奋，好像她也想去当海员。然后又问我，"小曼你呢？想过将来要做点啥吧？"

"想做点啥就能做点啥吗？"我问，"我倒是想唱歌，可以吧？"

"想唱歌，不是蛮好！为啥不可以？"杨想了想，"难度肯定有。先要学习，把音唱唱准。"

杨一向支持我。我想起姆妈的态度，就讲："我跟姆妈讲过我想学唱歌，姆妈看我像看怪物。"我听到一丝不易察觉的叹气声。"算了，天赋不够，又没地方学。最多自己瞎唱唱，寻寻开心。"我嘴上这么说，心里还是蛮失望的。

我把话题转到刘巧英身上，"刘巧英讲，高中毕业了，要跟我进一个单位上班。我在想啊，长年到单位上班，以后会不会就跟我姆妈、三妹姆妈过一样的日子呀？"

"应该是吧。"

"你呢？哪能想啊？"我问杨。

"你要是每天到单位上班，我也一样啊！"说完，又神秘地压低声音，"最好能有一个桃花源，想去的时候可以去一去。"

"桃花源？在啥地方？"我马上问。

"不要急，我会去找的，你也可以找找看。"

"我？真的？"

"当然啦！"

"那就叫了大家一道找！"

"嗯，看啥人先找到！"

"到了桃花源，好做点啥？可以做海盗吧？"

"海盗？没听说有女的做海盗。"

"我做了不就有了？"

"这倒是。做海盗做啥？"

"毛豆子不是要做海员吗？万一被他捉牢，一看原来是我，肯定气死，只好放掉我！"

杨听了穷笑，"想得出的！真是！"

我问杨："等长大了，想到现在讲的这些，会不会觉得太好笑？"

"哪能会呢？蛮有味道的呀！"杨说。

"嗯。"我点点头，又郑重其事地说，"桃花源不好没有。"

"一定要有。"

第三部

第一章

　　转眼七八年过去了。在小曼看来，一天一天走过来，时间是很漫长的。如果再遇到什么难受的事，日子就会变得越发缓慢。小曼多么希望开心的事能多一些，自己也好快快长大。好多年后，小曼终于明白，不管时间是快是慢，所有发生的事情终究都会过去，其中有一些会或深或浅地留在记忆里。回想起每一天所过的日子其实都是实实在在的，没有任何敷衍。至于还没有到来的日子，无论是否等待，它都会接踵而至、不请自来，就像黄浦江水那样一路流淌。小曼站在黄浦江边想，这江面在波澜中看似平稳，可这江水何曾停歇过，它一路奔往吴淞口，进到长江，再汇入东海，最后流到了太平洋里去。十八岁的小曼从江水中看到了岁月的流逝，时间其实过得很快。

　　小曼对自己的十八岁是很期待的。她终于成年，并考上了大学。真是开心啊！许青和苏强脸上都挂上了笑容，进进出出掩饰不住。苏强还是长年不着家，许青对他没有过去那么大的意见了，还会说："你阿爸一天到晚在外头工作，蛮辛苦的。"听上去语气也很平和，小曼体会到了安心的感觉。

三妹已经上了两年的班。她是图书馆管理员，单位就在淮海路上。她每天坐26路电车上下班。下班时，要是车挤，或者车半天没来，就干脆走几站路回家，权当逛马路了。经过第二食品店，买几包素火腿，或者在王开照相馆旁边的微型包子铺的窗口上买几只重油菜包，包子小巧精致，用的都是素油，还没到家，纸袋子就透出了油。三妹买了菜包子，必要拿两只给小曼，因为小曼说过，除了外婆家的包子，就数这个小窗口的菜包子最好吃。碰到电车跑到半路"小辫子"掉下来，卖票员一边叫"让一让，'小辫子'不挂好，啥人也不要想走"，一边用力挤下车，大家也尽量给她让路。三妹懒得等，干脆跟在卖票员身后顺着滑出车门，然后看一眼卖票员拽住"小辫子"往电线上挂，理一下衣服，往家的方向一路逛回去。

　　等回到家，她爸妈已经烧好两菜一汤，用菜罩子罩好等着了。

　　天冷的时候，等三妹在面盆的温水里洗好手，她爸爸才从饭捂子里端出饭锅来盛饭，还对三妹讲："乖囡，外头蛮冷的是吧？这倒霉天气哪能会这样冷！"

　　三妹就回一句："嗯，冷死掉了！"

　　小曼家跟三妹家因为是一整个客厅隔出来的两户，中间留一条走道，两家的墙都是薄薄的木板，小曼在自家房间里就听到了他们的说话。三妹工作清闲，日子过得舒服自在，小曼很羡慕她。

小曼差不多整整两年都是每天晚上简单地吃一点就赶去学校晚自习。要高考，辛苦是肯定的，但小曼还是建议三妹考大学，再说，三妹功课一向不错，不考一考有点可惜。

三妹只比小曼大两岁，历届生考大学的有的是，三妹年纪算小的。三妹却对小曼讲："算了，图书馆工作蛮轻松，放弃不合算。再讲，这份工作也是阿爸姆妈托人想尽办法找到的。要是考上大学，毕业分配还不晓得会被分到啥地方去。"

小曼理解三妹，要是换作是自己，说不定也会像三妹这么想。有些事情就是这样，有利有弊，全凭当事人自己判断，别人不一定清楚。三妹想好不考，没啥不好。

三妹还说："如果你读大学缺资料，我可以帮忙。"

小曼把三妹的话告诉了许青。许青很高兴，就在三妹妈面前夸三妹重情谊，"毕竟从小一道长大，就是不一样！"

三妹妈也连连说，"应该的，应该的！不是啥大事情，小妹姆妈你不要在意！"

刘巧英本来想的是跟小曼一起上班，结果有了高考，自然是要考的。考完后，她的分数只够上技校，便报了纺织局下面的一所技校。

小曼原以为刘巧英会心里不舒服，毕竟两个人常在一起复习。没想到刘巧英倒想得开，她对小曼说："我读书一向不大好，就算考上大学，读起来也肯定吃力。上技校蛮好，文凭拿得便当点，将来毕业肯定分在上海，等于工矿，不是蛮好？"说完，笑着拍一下小曼，"我比你先工作！"

不管是三妹还是刘巧英，都对自己目前的状况很满意。小曼觉得，只要是她们两个自己的选择，也没什么不好。不是有一句老话"开心就好"，三妹和刘巧英都开心的话，小曼也为她们开心。

小曼想：总有一天，读完了书，也会像她们一样去工作的。但她不能确认自己会不会像她们一样感觉开心。

杨很明白小曼心里想些什么，但她没开口。

小曼说："小时候就想过成年后的生活，但毕竟还小，想想而已。现在再想，感觉还是蛮难想清楚的。总觉得成年后的生活不应该只是这样。小时候就盼着快点长大，好做大人。真的长大了，又好像失去了啥，莫名其妙就会有失落感。"

"是吧，"杨说，"从你的话里，我怎么感觉好像还没拥有，就已经失去。"

"给你一讲，我突然有种讲不出的难过！这难过是啥，又没办法讲得清楚。"小曼平静一下后，又说，"三妹每天上上班，荡荡马路，日子过得蛮开心。但是，不晓得为啥，感觉她没老早有劲了。"说完，又加一句："刘巧英好像也有一点。"

杨笑了，"哎！你吃了人家那么多好吃的，还这样讲。"

小曼不好意思，也笑了。

杨随后话一转，"也许三妹她们也会这样想你，感觉你没老早有劲了？"

"有可能。"小曼点一下头，若有所思。

小曼坐上 70 路公交车去许正芳家。因为忙着考大学，她已有两年多没去了。刚回自己家那几年，多是过年时和爸妈一起去。大一点后，放假的时候就自己坐车去。

不是上下班时间，车里还有空位子，小曼坐在车中间的香蕉椅上。车拐弯的时候，香蕉椅会往反方向旋转，就像忽然掉头转往另一个方向。但其实公交车一直都是朝着固定的方向来来去去，到了站头会停下，人们上上下下，穿着大同小异的服装，表情各异，怀揣不同的心思和愿望，暗藏各自悲喜。小曼看着这些陌生人想，每个人都有自己的故事吧？而那么多的故事，我又能知道多少？

小曼把包放在胸口的位置，用手按着。她每次独自去许正芳家，许青都会顺便让小曼带几十斤粮票给许萍，并叮嘱她"当心点，车上有扒手"。小曼一路上都很小心，不只是担心出了错会被许青数落，更是怕许萍粮票不够犯难。在小曼眼里，几十斤粮票简直是一笔巨款，交到许萍手里后，看到许萍高兴，小曼也开心，还有如释重负的感觉。

当年，就在小曼回家念书后不久，江卫冬就下乡去了淮北。

听说那里生活很艰苦，许萍总是想方设法给江卫冬多带些米。江卫冬是许萍唯一的儿子，突然离家到了外地，做妈的一定是时刻惦记。小曼有次去许正芳家，就看到许萍在厨房间的窗边偷偷抹泪。所以小曼每次把粮票交给许萍的时候，就想看到许萍开心的样子。好在前几天许青说江卫冬就快回城了，小曼真替许萍和江卫冬高兴。公交车行进中，小曼的眼前又浮现出许萍在厨房间的窗边抹泪的背影，就想，天底下做妈的都希望孩子过得不要太辛苦吧！

小曼从车窗望向天空，那蓝色格外清浅明净，白云散淡随意地铺展。人来人往的街道从眼前流过，像极了电影镜头，一些往事也在小曼脑海中闪过。小曼回来这几年，外婆家有了很大的变化。先是江卫冬去了淮北，之后大约过了两年，李一红回到西藏路的家，和父母一起生活。她走了没多久，方伟民也被父母接回了武汉。最晚离开的是丁小亮。在小曼看来，她的姨妈们大概也跟自己母亲许青想的一样，觉得她们的母亲许正芳和姑母许萍劳累了很多年，年纪也大了，不想再让两老辛苦下去。再说小孩也都长大，可以单独在家学习和生活。小曼想到自己年纪最小，却是最早回自己家独立生活的，心里很自豪。不过话又说回来，丁小亮他们的离开，也包括她小曼自己，都是回到自己的家去，只有江卫冬是真正的离开家，独自去了淮北生活。每当看到许萍落寞的神情，小曼就想，江卫冬要是能快点回来就好了!

下了车,小曼先去了丹霞一条街上的益民食品店,用零花钱买了几块蛋糕。许正芳爱吃的是心形的嫩黄色的,咬一口松软香甜,过去是八分钱一块;而许萍喜欢的则是圆形的焦糖色的,口感浓郁饱满,过去一块也只要七分钱。这么多年过去,价格涨了一些。小曼付完钱出来。

小曼经过丹霞大饭店,发现它的门面已经翻新,金色的门框在阳光下闪闪发光。门前还排列了花篮,好像是新开业不久。原先沿街的墙面都换成了大块的玻璃,饭厅里都是大圆桌,铺着白色的桌布。还没完全到吃饭的时间,顾客已经进了不少,穿白色套装的服务员来回穿梭点菜,忙碌了起来。小曼没吃过里面的饭菜,但她认定还是许正芳和许萍做的可口。她又朝饭店尽头望去,原先卖年糕的店门不见了,许正芳和许萍会去哪里买年糕呢?小曼想。她抬头看了一眼二楼的"丹霞电影院"招牌,记得在上面看过《列宁在十月》《列宁在一九一八》和《红色娘子军》。小曼还想起来在看过《列宁在一九一八》后,江卫冬他们要是肚皮饿了,脱口就是瓦西里的那句台词:面包会有的,牛奶会有的,一切都会有的。小曼的脸上露出了笑意。

过了马路,她朝16号楼走去,顺便看了看它两旁的店铺。药房和邮局还在,门面比以前又旧了一些,洗染店改成了理发店,理发员顶着夸张的造型在给顾客理发,再没有一丝洗染店的痕迹。从前大姐姐的位置前面现在是灯箱，旋转不停，好像招呼路人快点进去换个发型。

16号楼还是原来的样子，楼口的两扇门敞开着，是小曼熟悉的旧时模样。如今小曼已长大，门看着没有以前那么高了。楼里很安静，没有什么脚步声传下来。门上和墙面上是斑驳的痕迹，两扇门上半部的玻璃上积了一些灰尘，右面那扇的玻璃上还有一道长长的裂痕，被贴上了胶带。小曼将右面的门关上，从里面往外看，楼外的一切立刻变得模糊起来，贴着胶带的裂痕像极了一条流畅的河道，她的食指沿着它轻轻地滑动，连带滑过了对面二楼的电影院和丹霞大饭店，以及楼外的石板地、草丛、马路、穿行而过的脚踏车、行人，还有阳光和阴影。小曼的手上没有什么特别的感觉，只是触碰到了玻璃上胶带的凉意而已。她透过玻璃望着外面，仿佛那都是虚幻的。小曼呆呆地站了一会儿，然后把门推开，阳光立刻迎上来，将她全身包裹住，门上的玻璃映出她的面容和身姿，小曼对着明亮的自己笑了笑，然后上楼去。

听到敲门声，许萍过来开门，"来了，来了！"还是小曼熟悉的大嗓门。看到小曼，许萍愣了一下，"哟，是小馒头。长这么高了！"又举起大手掌想摸一下小曼的头，但还是落在了小曼的胳膊上，拉她进了门。

501室只有许正芳、许萍和许萍的丈夫。小曼对着许正芳和许萍各叫了一声"婆"，把盛着蛋糕的纸袋递给了许萍。纸袋上沾了一些油，隐隐透出一点蛋糕来。

许正芳说："来看看婆就可以了，还买什么东西，你又没几个钱。"

许萍看了看纸袋里面，"小馒头还记得我们喜欢吃啥。"

小曼朝她们笑笑。她望着许正芳和许萍比过去更苍老的样子，一时说不上话来。

许萍说："你姑爷爷住回来了，快看看吧！"

小曼马上脱了鞋进到大房间，对坐着的江卫冬爸爸叫了一声"姑爷爷"。江卫冬爸爸只是看着小曼，没有应声。

"是小馒头，不认得了？"许萍提醒他。

江卫冬爸爸"嗯"了一声，也不知道他是不是想起来了。

小曼见江卫冬爸爸神情呆滞，就想，姑爷爷老了许多，也许他已经忘记了叫小馒头的自己。好多年前，小曼虽然还小，但还是记得一些姑爷爷的不容易。

许萍对小曼说："你姑爷爷老了。"又拿来一块焦糖色蛋糕递给他，"吃吧，小馒头买的"。

江卫冬爸爸拿了吃起来，也不说话。

小曼环顾一下大房间，虽然听许青说过，但还是问："张老师家搬走了？"

"搬走一年多了。大妈家也搬出去了。"徐萍说，"公家还是把这两个房间给我们住。"

"嗯，蛮好的，比过去住着的时候宽敞。"小曼边说边和许萍往小房间里去。她想起当年房间搬空后和李一红开心地在小房间睡地铺的情景。

"有什么用？都跑了，就剩三个老的。没啥意思！"

"人少了，婆可以少做点事情。"

"现在比过去轻松多了！就是不习惯，太冷清了！"

小曼赶紧说："小舅回来就热闹了！"

许萍听了露出笑容，"嗯，说是下个月就回来。"又自言自语的："哎，回来就放心了。"

"就是。"小曼在心里替她姑婆一家高兴。

许正芳跟许萍商量："烧点什么给小馒头吃啊？"

"红烧狮子头，我做。"许萍说。

"好。我来做西红柿炒鸡蛋和丝瓜炒毛豆，再加一个扁尖冬瓜汤。"

许萍赞同道："差不多了！人少，吃不掉。"

"太多了！"小曼说。

"这几个菜不多。以前一大家子，起码六七个菜。"许正芳说，"小馒头考上大学，外婆高兴！"又加了一句小曼听了好多遍的话，"我们家的孩子蛮不错的！"

"就是！"许萍点头，"馒头多吃点，婆拿不出什么好东西给你吃。"

"嗯。"小曼眼眶发热，别过脸去。过了一会儿，她想起还带了粮票，就拿出来交给许萍。

"这么多啊！你小舅快回来了，用不了这些。"

"姆妈说，小舅回来要多吃点，这些年太吃力了。粮票多了还可以换鸡蛋。"

许萍没说话，抹了抹眼睛。

许正芳和许萍做饭，不让小曼帮忙，小曼就在三个房间穿来穿去。许正芳的房间里床、五斗橱和被具箱还放在原来的位置，少了几只箱子和凳子。小曼看着地板，想起有一年的夏天，每天中午都有半小时的小说联播，江卫冬他们吃过饭也不闹着出去玩了，忙着将席子铺满地板，然后老老实实地躺下，等着听小半导体里的《艳阳天》。后来还有《金光大道》。小曼人小，听的时候来劲，过后忘得很快，只记得"开镰""收割"。比起许正芳的房间，许萍的大房间和小房间变化很大，只有一小部分家具是原来的。小曼眼前浮现出当年搬家时的情景。怎么可能不变呢？这么些年里，发生了那么多事，人也少了许多。

小曼还从南面的窗口朝美珍家的楼房望了好一会儿。自打回家读书后，小曼每次来外婆家都会去美珍家找她。美珍还和以前一样和小曼无话不说，只是说得最投机最开心的还是过去一起度过的时光，尤其是养蚕宝宝。随着长大，她俩的话题有了一些不同，小曼知道，美珍喜欢跑步，体育课 50 米和 100 米短跑都是第一名。谈到跑步，小曼说："你班级第一有啥稀奇，你的短跑在全校都是好算算了！"当年在一起念书时，小曼的 50 米短跑总是不及格，而美珍的爆发力很好。到了体育课测验，美珍就在起跑时拉小曼一把。虽然小曼最终还是不及格，但成绩会稍许好看一点。美珍告诉小曼她去了少体校，小曼为美珍高兴，但当美珍兴致勃勃地聊起训练的事情时，小曼也只有听的份，实在讲不出什么来，有时候一不留神脑子还会开小差。小曼则跟美珍提起刘巧英，美珍为小曼有好朋友而高兴，只是美珍不认识刘巧英，也插不上什么话，多数时候是小曼一个人在讲。两个好朋友各自有了不同的生活，但在对方心里还是一直占着重要的位置，这一点从来没有改变。小曼这次来许正芳家，感觉她的外婆家很冷清，就没提要去看美珍。小曼打算下次来的时候再去美珍家。

这天，小曼在外婆家一直待到天黑，许正芳和许萍再三催促她回家。

小曼就说："不要紧的，婆，我是成年人了。"

"小女孩子太晚回家，路上不放心。"许萍还是说。

小曼直到坐上车，还在回想和两个婆告别时的情景。在她的记忆里，501 室从来没有像现在这么宽敞，走出 501 室大门时回头的那一眼更是深深地刻在了小曼的心里。走廊和房间的灯都亮着，许正芳和许萍在门口反复叮嘱小曼。灯光下，她们脸上的皱纹就像是用刀子刻上去的，显得坚硬，但与灯光又有着奇妙的呼应，并不突兀。只是，她俩身后的走廊被灯光填满之后，显得更加空空荡荡。小曼对许正芳和许萍说："去学校读书后，会再来看婆的。"

在回家的路上，小曼还在想：好在江卫冬就快回来了。丁小亮、方伟民还有李一红和他们的爸妈也都会去看望她外婆和姑婆的。501 室还会再热闹起来。

毛豆子讲过，他要做海员，要乘风破浪！我羡慕他。我只能推迟做女海盗了，要先读书去。

对于做女海盗，三妹笑话我："你省省吧，像真的一样！到啥地方去做女海盗？热大头昏了！"笑过后又讲，"做海员还是有可能的，不过也不要想得多浪漫！整天面对茫茫大海，无边无际的，船摇晃不讲，开了半天好像还在原地不动，没劲！换了是我，肯定要发疯！"

本来蛮好的愿望，怎么到了三妹口中变得这么无趣？但是，我似乎又没办法反驳她。或许人长大后，小时候的愿望就真的会变得可笑？依我看，现在的三妹应该是不再需要愿望了，或者愿望改变了，变成去图书馆上班，荡荡马路？图书馆工作明明是她阿爸姆妈替她安排的。我记得三妹讲过，以后要是可以学学跟心理有关的东西就好了，也许能帮到毛豆子。我当时蛮佩服她的，只不过觉得实现起来比较渺茫，到啥地方去学啊？跟啥人学？或者有这样的书看吗？但是有愿望总比没有好。

三妹心态一向蛮好，自打上班后，她说："上班空，我看看书不是也蛮好？在图书馆工作，我也是可以为自己多争取一点的。"

我承认三妹讲得不无道理，图书馆应该能找得到心理方面的书和很多其他的书。也许书看得多了，眼界开阔了，过个几年，说不定会萌发出新的愿望。到那个时候，不晓得三妹是不是还对心理方面的东西感兴趣？我蛮好奇的。不过我没有再去问她，反正她会跟我分享的。至于我自己，也不是非要去做女海盗，不然真的就像三妹讲的"热大头昏了"。我那个时候其实也不晓得要做啥，总之要有点愿望对吧！至于毛豆子是不是还想去当海员，已经没办法求证了，但我仍然相信他，我觉得这个愿望在毛豆子的心里应该是蛮强烈的。当然了，不是所有的事情都能心想事成的，不确定的因素太多。

我、三妹和毛豆子都曾经盼着长大，如今连我这个年纪最小的也终于成年。然而，毛豆子却在几年前就不知去向，就像我当年去外婆家的时候一样，连个招呼都没打。真是难以预料！当我在和三妹说起他的时候，眼前浮现的一直是他从前的样子，好像多年后他还是那个少年，未曾改变，而过去了的时光也并没有褪色。

毛豆子的大名叫樊征。每次提起，好像说的不是毛豆子，而是另外一个不相干的人。所以，哪天他不叫这个名字了，也没啥稀奇。在我看来，不管他叫什么，毛豆子总归是毛豆子，这一点，不会改变。再讲，毛豆子一向对我阿爸的工作感兴趣，把自己搞得神秘一点，名字改一下也不是不可能。

我做了一个梦，毛豆子，也就是樊征，说自己是毛远征。这点符合我对毛豆子的推测。最迷惑的是，老樊没意见，还说"叫毛远征蛮好"。毛豆子自己愿意，叫毛远征能有啥问题？毛豆子姓"毛"，蛮正常。

说自己是毛远征的毛豆子还跟我讲，他跟他阿爸去了一个叫初清的地方。初清是他阿爸的老家。

我翻遍全国地图也没找到这个地名。难道初清在毛里求斯？

我问三妹，三妹笑起来，"你搞搞清爽，他们老家再远能远到国外？还毛里求斯！"说完，用手指头戳戳我头皮。看我没接话，三妹又讲："毛豆子跟他阿爸回老家倒是有可能的。"停顿一下，想了想，"'初清'到底有没有蛮难讲的，我怀疑就是你做梦做出来的。"

　　我承认三妹说的有道理。但我还是认定毛豆子跟他阿爸去的就是初清。不管地图上有没有。

　　不过话又说回来，不管毛豆子去了哪里，都始终是我和三妹熟悉和了解的那个毛豆子。我们都盼望他过得好。我们也相信毛豆子不管再碰到什么难处，一定会尽力把日子过好的。想起毛豆子，我脑海里时常会浮现出他拎了菜篮子往弄堂口走的身影……

　　初清是个神秘的地方，很难找得到。去找的人要是不觉得初清特别、与任何一个地方都不同，就算满世界地找，找遍角角落落，也是找不到的，它始终离得遥远；但如果捕捉到了它的某种特别的气息，又好像离得很近，只有一步之遥，马上就能找到。

　　至于初清到底有多大，也不能一概而论。它可大可小，一两句话说不好。要说它大，是因为怎么走也走不完；说它小，好像也不过就是一个小村庄。

我想象自己好不容易找到了初清，还没找到毛豆子的家，毛豆子就先一步站到我面前，"贼头贼脑做啥？"

我被他吓了一跳！镇定后，我朝他讲："毛豆子你做啥？有任务啊？搞得这样神秘？"

"我是毛远征。"他纠正我。

"晓得。"我说。

毛豆子拔出他那把木头枪指着我，压低声音，"初清发觉女海盗！"

"瞎讲八讲！啥地方有海？"我看看四周，存心不提女海盗。

"吴淞口离这里不算远。你应该晓得，黄浦江流到长江再往东去就是东海了。"

"什么？我还没去海上就变海盗了？"我俩大笑。

毛豆子，哦，是毛远征笑得好开怀，我从来没看到过他这么笑过！看来，他在这里心情很好，日子应该也过得蛮适意。

毛远征跟他阿爸在初清住了蛮长时间。老家的旧房子相当宽敞，还有一个大院子，远远好过汽车间。窗门全开，屋里敞亮通透。父子二人大声说话，整天"哇啦哇啦"的，爽气得不得了！

毛远征阿爸在院子里养了十几只鸡，自言自语的："住在汽车间的时候就想在小花园里养养鸡，但是不可能啊！邻居要骂，居委会也不允许。不过主要还是怕小花园被鸡拉得一塌糊涂，这叫毛豆子跟小妹、三妹还哪能乘风凉？"

他还双手背后在院子里悠闲踱步，看着他的鸡说："现在好了，想养多少就养多少，鸡蛋随便吃。啥时候接小婷跟她姆妈来初清看看，我炒一大碗鸡蛋给她们吃，香得不得了！"

毛远征阿爸还在大缸里腌咸菜。他将青菜吹得干一点，然后先在缸底铺一层，再均匀地撒上粗盐，嘴上还不忘说："菜尽量干一点，水分大了不好。"不晓得是在讲给院子里的毛远征听，还是讲给那十几只鸡听。

等菜一层层铺好，盐也撒好，他就要把脚伸到缸里去。

毛远征看到，吓得大叫："阿爸，你要做啥？"

他阿爸说："叫啥叫，大惊小怪！腌咸菜是要用脚踩的。"

"啊？腻心吧？脚多少臭！"

"小鬼头！嫌鄙你阿爸脚臭？那么你来！必要踩一踩才好。"

"好的，我来！我的脚不臭。"

毛远征阿爸假装生气，朝儿子瞪了瞪眼。

毛远征洗了脚，就到缸里踩来踩去。看踩得差不多了，他阿爸讲"可以了"，毛远征还不肯停。

过了二十来天，咸菜腌好，毛远征阿爸搬走压在咸菜上的大石头，把腌好的菜拿出来晾到绳子上。当天他就剥了一碗毛豆，还切了冬笋丝，跟咸菜一道炒。

咸菜在炒前先泡过了，不是很咸，菜帮子被切成了小块。吃饭时，毛豆子捡了一块浅黄色的菜帮子放进嘴里，咬上去脆脆的，还有一点酸，配上白米粥便吃出了鲜味。

"好吃吧？"毛远征阿爸问儿子，毛远征点点头。

"比小菜场买的雪里蕻咸菜好吃多了！"他阿爸的口气蛮得意的。

过后，毛远征阿爸又想起了啥，去灶台把煮好的鸡蛋用冷水浸一浸，然后拿盘子盛了端到桌上。

毛远征数了数，一共六只。他想：平常吃煮鸡蛋两只就够了，就是炒鸡蛋也用不了六只。就问他阿爸："我跟你两个人吃饭，做啥要煮六只蛋？"

他阿爸没响，低头专注地喝了几口粥，然后伸出手，要将六只蛋一把抓起来。蛋壳有点滑，抓了几下才抓起来。

"一把抓六只蛋做啥？"毛远征又问。

他阿爸还是没响，将抓了六只蛋的手掌翻过来，又翻过去，盯着看了一歇，喃喃地说："一只手一下子抓六只蛋，不容易。"

毛远征看着他阿爸，问："有啥典故？"他看出他阿爸的情绪有波动。

毛远征阿爸平复了片刻，把手里的蛋放回盘子里，说道："小时候，我生在农村，一家人日子过得艰难。姆妈倒是养了几只鸡，蛋是不舍得吃的。"

毛远征听着。

"有一天，不晓得为啥，姆妈煮了六只鸡蛋，全家四个小人两个大人，人人有份。真是喜从天降，大家嘴上不说，看着碗里的蛋心里都开心得不得了！没想到，饭刚刚开吃，我阿爸，就是你爷爷，一把抓起六只蛋，一个人全部吃掉……"他阿爸讲不下去了。

毛远征一直没吭声。沉默了蛮久，他拿起一只蛋在台子上敲了敲，然后仔细地剥掉壳放进他阿爸碗里。他阿爸没吃，对着碗里的蛋盯盯地看了一歇，又把目光移开。

"你恨爷爷对吧？"毛远征说。

他阿爸没马上回，片刻后，点了点头。"以前蛮恨的。"他说，没看儿子，很快又接着说，"现在想想，阿爸整天劳作，辛辛苦苦养活一大家子，不记得他吃过啥好东西，我唯一想到的就是那六只鸡蛋。"说着，眼眶泛红，声音哽咽："无论如何阿爸一口气吃过六只鸡蛋。"随后，双手捂住脸"呜呜"地哭起来。

毛远征从来没看到过他阿爸像这样子哭，刹那间眼前的阿爸像极了伤心的小孩，怎么也忘不掉久远的过去，可到头来就像老去是唯一的结局，也终于看开。

毛远征又剥了鸡蛋给他阿爸，"阿爸，你多吃一点，这蛋蛮香的。"然后，给自己也剥了一只。

此时此刻，他安慰的是那个童年的阿爸和眼前正在老去的

六个鸡蛋

耳语哼唱 　破蛹 　是慰藉

迟来的

我握在手中

材料：绿纱1条　碎布若干　鸡蛋壳3组

阿爸，还有年少的自己。他吃着喷香的鸡蛋，眼里慢慢地泛出泪光……

晚饭过后，趁天色明亮，父子俩照常骑上脚踏车绕近道去黄浦江边。平常都是毛远征阿爸骑车带儿子，这天换了毛远征骑车，他阿爸坐在车后抱住他的腰。

到了江边，他俩还是在同一个地方坐下，然后，笃悠悠地看看风景，再有一搭没一搭地说说话。

"今朝天气蛮暖热的。"毛远征阿爸说。

"嗯。"毛远征望着江上。

"想啥？"

"我想开大轮船。"

"阿爸跟你一道。"

毛远征掏出口琴，吹了一曲。

"长远没听你吹了，好听得不得了！"他阿爸说。

"太夸张了吧？明明不成调。"

"瞎讲，这叫自成一调。多少美妙！"

毛远征笑了，心想，他阿爸越讲越肉麻，还是不要响了。

附近的渡口，摆渡船一旦停靠，下船的和上船的人都是急匆匆的，好像一天的忙碌奔波还没有结束。水面上时而有大小轮船来去穿梭，成了渡口流动的背景，天色再晚一些，背景的色彩会浓重起来，加上彼岸闪烁的灯光和楼群的衬托，像极了一幅深邃的画。那时不时的汽笛声，好像是专门用来平息各种嘈杂的，也像是轮船之间的呼应和慰藉，轮船远远近近，错落重叠，即便仍是各自前行。远远望去，水面起起落落，随风律动，江水一路向东汇入大海，尽管与海水互不相融，却又紧密相连，不可分割。白鹭和银鸥等不同的飞鸟掠过江上。漫天的红霞落满了水面，江水也变得温暖起来。当红霞逐渐变深，再褪进夜幕里，也不必伤感，因为明天还会再见。

我不得不激动地说，毛豆子跟他阿爸过上这样的日子，是我的愿望。如果有一天，我碰到毛豆子，一定要跟他确认，他毛豆子就是毛远征。在我看来，毛远征就应该是毛豆子。我另一个愿望是，希望有一天跟三妹一道去初清。初清肯定是存在的，离我们不远。或许它看起来没啥特别，就跟普通农庄差不多，很容易错过，但我们一定会找到它！初清是不同寻常的，想想看，毛远征（我相信就是毛豆子）跟他阿爸离开汽车间后到了初清，把日子过得这么好，就足以证明初清是个好地方，值得去！我相信在那里我跟三妹一定能体会到我们还不曾体会到的东西。

当然，我也还会有新的愿望。

续后话

"你讲，毛豆子会不会真的去当了海员？"小曼问杨。

"不晓得呀！或许当了海军战士？"

"这记更加威武！毛豆子从小吃苦，身体还算好，脑子也灵光，尤其眼货好，当军人没问题！这许多年过去，说不定已经当了舰长。"小曼停顿后又说，"但是不管哪能，毛豆子跟老樊过得好、心情舒畅最重要。"

"嗯，讲得太对了！"

有飞机开过。小曼从窗口望出去，飞机看上去像一只小小的模型，却在湛蓝浩渺的空中使劲划了一道白色的虹。那道白色的虹好像是刚从云上裁下来似的，亮相过后，又慢慢化进蓝色里，不留下一点痕迹。小曼望着它出神。而"小"飞机早已钻进云层，不知去向。

"当年，毛豆子同他阿爸走得突然，跟啥人都没打招呼，一定有隐情。"杨说。

"估计跟老樊的毛病有关系，不想被大家晓得。"

"是呀！"杨认可小曼的推断。又问，"这么多年过去，还想跟毛豆子碰头吧？"

"能碰头当然好！"不只是毛豆子，小曼还想再见到曾住过二楼小房间的10号妈和外婆楼下洗染店的大姐姐。但沉默片刻后，她还是说，"日子过了这么久，再要碰头应该不大容易。好在记忆里大家不曾分开，时常见面。"

小曼又想到李一红他们，虽然没有失联，但和失联也差不多。偶尔地互相在节假日问候一下，已经算是一份牵挂和情分了。本来嘛，大家都有各自的生活，不会过多打扰。这些小曼不说，杨也明白。

"或许这些年里跟毛豆子碰到过，只是都没认出来。"杨说。

"嗯，有可能啊！"小曼点头后想，除了毛豆子，也许还碰到过10号妈和大姐姐她们。旧时的一些场景或清晰或模糊地从眼前飘过。她问杨，"还记得《那首歌》吗？"

杨心领神会，轻声"嗯"了一下，和小曼一起哼唱起来："也许是过了太久，记忆常有意无意背过身去。总是哼着不变的歌谣，没有谁的过去和别人重叠。讲起你的那刻，好想换掉些时间或地点。谁说故事真有其事，那不过是小说的虚构。"

唱完，谁都没说话。然后，还是沉默。

终于，小曼开口道："仔细想想，小时候的事还真记得不少。"

"是呀！特别是些印象深刻的。我总感觉，小孩和小孩在一起比跟大人在一起开心、自在。"

小曼马上点头："那个时候在大人眼里小孩子懂啥？能有啥想法？就算有，重要吗？但我觉得，小孩子人虽然小，懂得的其实蛮多，最起码晓得啥是开心跟不开心。也只有小孩子最懂得小孩子，那个时候我蛮懂毛豆子的心情，因为我也有过类似的心情。"说到这里，想到10号妈，又补充道："当然，像10号姆妈那样的大人还是懂得小孩子的。"

　　"是的。"

　　停了片刻，小曼想了想又说，"人小的时候只想快点长大，总觉得大人太不懂得小孩子的心。这许多年以后，想起小时候的一些人和事，觉得好多事情还没有好好体会，时间就过去了。现在自己年纪大了，体会了太多成年人的百般辛苦。条件不够，能让小人有吃有穿就已经不错，哪里还顾得上其他？"

　　"时间改变了我们，对吧？"杨感慨道。

　　"嗯，小时候突然从幼儿园到外婆家，没想到几年后又回到自己家，地方换来换去，不同的日子过来过去。还好，头上的天空还是一样的，无论我去到啥地方，无论发生了什么，我只要抬头看看天空，就能感觉到它在帮我壮胆，要我胆子大一点。"

　　杨笑起来，"心理作用蛮重要。"

　　"也许吧！"小曼又想到了什么，对杨说，"小时候的一些习惯一旦养成，不管时间过去多久，想要改变极其难。这点蛮不可思议的对吧？"杨没响，听小曼继续讲，"我到现在还怕烫，吃东西，洗脸，一点点烫就会感觉不适意。"

"嗯，是这样子的。"

"要是现在有人叫我去广场追蜻蜓，我肯定跟小时候一样，跑得欢！"

"完全相信！"

"如果还能跟三妹、毛豆子一道乘风凉，多少开心啊！毛豆子必须吹口琴，吹好一曲再吹一曲，不好放过他！"

"还是像小时候的口气。"杨说。

"这句动听！"小曼知道杨一直懂她。

她俩笑过以后，又接着聊……

小曼和杨就是这样，时常聊，聊那些曾经的天真和懵懂、伤痛与落寞，还有那些有过的感动和幻想。她们从长福路聊到淮海路，从外滩聊到初清，再从地球聊到外太空。当然，不想说话的时候就沉默。这其中常常忘了时间，但感知最深的也还是时间。

世事变幻，小曼和杨始终都在一起。时间带走了过去，也将带不走的留了下来。

我们在时间中，又超然之外。

小曼与沙拉曼达杨

222

自成一调

安静是花影

我自成一调

高歌　呢喃

材料：装有热水的面盆1个　口琴1个　鸡毛毽上的羽毛若干
　　　假花花瓣若干　麻绳1根　碎纸若干

图书在版编目（CIP）数据

就唱 / 肖燕著 . -- 上海 ：上海文化出版社，2025.
5 . -- ISBN 978-7-5535-3220-2

Ⅰ . I247.5

中国国家版本馆 CIP 数据核字第 20253PR062 号

出 版 人：姜逸青
责任编辑：张　彦
整体设计：袁银昌
设计排版：袁银昌平面设计工作室　李　静　胡　斌

书　名：就　唱
作　者：肖　燕
出　版：上海世纪出版集团　上海文化出版社
地　址：上海市闵行区号景路 159 弄 A 座 3 楼 201101
发　行：上海文艺出版社发行中心
　　　　上海市闵行区号景路 159 弄 A 座 2 楼 201101　www.ewen.co
印　刷：上海雅昌艺术印刷有限公司
开　本：889×1194　1/32
印　张：7　插页 6
印　次：2025 年 6 月第一版　2025 年 6 月第一次印刷
书　号：ISBN 978-7-5535-3220-2/I.1247
定　价：60.00 元

告 读 者 如发现本书有质量问题请与印刷厂质量科联系（T：021-68798999）